W0197735

Sie sind ehrlich, großmäulig, haltlos, reisen nach Kanada, Panama, haben Affären, Beziehungen, Träume, vielleicht ein Baby und immer noch Eltern, die nur das Beste wollen. Aber das Beste ist eben manchmal *unerträglich*: ein Abschied zu hart, ein Besuch zu lang, eine Liebe zu kurz. Sonja Heiss erzählt von jungen Frauen, die nicht mehr Kind sind, aber auch noch keine eigene Familie haben. Sie erzählt von einem Vater und einer Tochter, die sich seltsam fremd sind. Und von einer Großmutter, die jede Karte, die ihr die Enkelin schreibt, wie einen Liebesbrief aufbewahrt. Ihre Figuren haben keine Angst vor dem Tod, sie haben Angst vor dem schlecht gelebten Leben. Sie sind hungrig, auf der Suche nach Momenten des Glücks, die alles bedeuten könnten. Dabei machen sie Bekanntschaft mit fernen Verwandten, Faultieren und Burnout-Ameisen.

Sonja Heiss wurde 1976 in München geboren und lebt mit ihrem Lebensgefährten und ihrer Tochter in Berlin. Sie studierte Film in München. Ihre filmischen Arbeiten, darunter ihr erster Kinofilm *Hotel Very Welcome*, wurden vielfach ausgezeichnet. Sie schreibt derzeit am Drehbuch zu ihrem zweiten Spielfilm und ist Stipendiatin der Villa Aurora in Los Angeles. *Das Glück geht aus* ist ihr erstes Buch.

SONJA HEISS

DAS GLÜCK GEHT AUS

STORYS

bloomsbury taschenbuch

MIX
Papier aus verantwor-
tungsvollen Quellen
FSC® C083411

Originalausgabe
November 2011
© 2011 Bloomsbury Verlag GmbH, Berlin
Alle Rechte vorbehalten
Umschlaggestaltung: Rothfos + Gabler, Hamburg,
unter Verwendung einer Fotografie von © Nikolai von Graevenitz
Dank an Ingrid Aspöck (www.ingrid-aspoeck.at)
für die großzügige Faultier-Leihgabe
Autorenfoto © Nikolai von Graevenitz
Typografie: Andrea Engel, Berlin
Gesetzt aus der Galliard von Greiner & Reichel, Köln
Druck und Bindung: CPI – Clausen & Bosse, Leck
Printed in Germany
ISBN 978-3-8333-0778-2

www.bloomsbury-verlag.de

B L O O M S B U R Y
LONDON · BERLIN · NEW YORK · SYDNEY

Für Nikolai und June

INHALT

DER **WAL** HINTER DEM **BLITZ**

Mein Vater saß kerzengerade in seinem Sitz und blickte gefesselt aus dem Flugzeugfenster. Er flog, und unter ihm war nun also die Welt. Er wunderte sich, dass sie so viel besser aussah, als sie war, denn er war Pessimist. Doch nicht in diesem Moment. Ich ärgerte mich, dass ich ihn nicht schon viel früher in ein Flugzeug mitgenommen hatte. Jetzt war er schon siebzig, und vielleicht wäre ja am Ende ein Optimist aus ihm geworden, wer wusste das schon. Als wir uns am Gate in Frankfurt getroffen hatten, war er aufgeregt gewesen, er hatte das »Gay«, wie er es nannte, lange nicht gefunden, doch jetzt saß er entspannt in der Lufthansa-Maschine und monierte die Unfreundlichkeit der Stewardess, als hätte er bereits seit Langem eine Senator-Card. Er hatte seine besten Sachen an, den bordeauxroten französischen Pullover, die Cordhose und seine Barbour-Jacke, die er seit zwölf Jahren besaß, bisher aber genau drei Mal getragen hatte. Zu einer Beerdigung, seiner 40-Jahre-Jubiläumsfeier in der Tischlerei und der Hochzeit meiner Schwester. Er zollte der Wichtigkeit unserer Unternehmung Respekt, nur seine wenigen Haare, die um eine große lichte Stelle arrangiert waren, standen in alle Richtungen. Ich blickte ihn an und tat, was meine Mutter getan hätte: Ich strich sie glatt, und er ließ es geschehen.

Plötzlich schob sich meine Unterlippe nach vorne und mein Gesicht runzelte sich zusammen wie eine Dörrpflaume. Ich sah ihn an und es gelang mir nicht, meine Tränen zu unterdrücken. Mein Vater war ein wenig irritiert, doch für ihn war es nichts Neues, dass eines seiner ausschließlich weiblichen Familienmitglieder emotional wurde. In letzter Zeit hatte ich meine Gefühle und deren Ausbrüche allerdings immer weniger unter Kontrolle. Er fragte, was mit mir los sei.

»Ich weiß nicht, du rührst mich so.«

»Aha«, sagte er und blickte wieder auf die Welt unterhalb des Flugzeugs.

Ich bestellte mir einen Gin Tonic. Mein Vater wollte einen Gin Fizz, aber wir flogen ja nicht Businessclass, erklärte ich ihm. »Das Ticket war aber schon teuer«, sagte er.

»Wir fliegen ja auch bis nach Kanada.«

»Stimmt. Das ist weit. Sehr weit.« Er wirkte für einen kurzen Moment nachdenklich.

Doch die ganze lange Reise über schlief er nicht, weil er mit der stillen Faszination eines kindlichen Träumers die Welt unter sich betrachtete, während ich mich durch eine romantische Komödie quälte. Ich baute mir eine Kissenburg auf seinem Arm, so nah war ich ihm seit vielen Jahren nicht mehr gekommen. Es muss ungemütlich gewesen sein für ihn, aber für seine beiden Töchter hatte er schon immer alles getan, was war da schon ein eingeschlafener Arm.

Der Flughafen von Vancouver war mickrig und wirkte osteuropäisch, weshalb er in keiner Weise das transatlantische Flair versprühte, das ich mir für meinen Vater gewünscht hatte. Wir standen übrig geblieben am Gepäckband. Der letzte Passagier war schon lange mit seinem Trolley entschwunden. Ein einsamer Koffer drehte seine Kreise, aber der meines Vaters war es augenscheinlich nicht. An seinem sei ein rotes Bändchen, das habe ihm Mama drangemacht, damit er ihn wiedererkennt. Wir starrten lange und ratlos auf das Loch in der Wand und hofften, dass da wie durch ein Wunder doch noch ein Koffer mit rotem Bändchen herausrattern würde. Ich malte mir die Katastrophe aus, die durch den Verlust des Koffers eintreten würde. Ich würde mit meinem Vater und dem Jetlag durch Vancouver irren, um Unterhosen, Ohropax, Socken, Hosen, T-Shirts, Pullover, Rasierschaum und einen Rasierpinsel zu kaufen. Ich war von dem Gedanken, mit ihm zu GAP und CVS zu gehen, überfordert. Gerade als ich in Gedanken durch einen Drugstore hastete, mein Vater ein paar Schritte hinter mir, blickte er mich erstaunt an und sagte: »Des is ja doch meiner.«

Ich hatte vor unserer Abreise die Sorge gehabt, die Unternehmung könnte in einem Desaster enden, da mein Vater neuen Orten und Menschen prinzipiell nichts abgewinnen konnte. Er konnte sich stunden- und tagelang mit den negativen Aspekten anderer Städte und Länder beschäftigen, die er nie bereist hatte. Auch das Wetter schien immer überall anders auf der Welt schlechter zu sein als in seiner Heimat Garmisch. Andernorts war es entweder regnerisch oder zu heiß, und dort wo das Klima nicht das Problem gewesen wäre, gab es seiner

Meinung nach entweder Krankheiten, schlechte Küche oder Diktatoren.

Er war ein solcher Negativdenker, dass er das Schlechte richtig gernhatte. So zog er im Fernsehen Sendungen, die die Bosheit der Welt zeigten, allem anderen vor. Negative Nachrichten und Reportagen unterhielten ihn nun mal besser. »Du, Gitti«, hatte er kürzlich zu meiner Mutter gesagt, »schalt deinen Film aus, ich schau da grad was ganz Schlimmes bei *Mona Lisa*, des is super.« Meine Eltern hatten wegen ihrer unterschiedlichen Interessen zwei Fernsehgeräte. Als meine Mutter ihren Film weitersehen wollte, schaltete er kurzerhand sein Gerät aus, setzte sich zu ihr und wechselte das Programm. Er war sich einfach sicher, dass auch sie sich für den Bericht über einen Vater, der seine Familie ausgelöscht hatte, begeistern würde.

Aber als wir vor den Türen des Flughafens in eine Betonwüste traten und in den schiefergrauen Himmel blickten, entdeckte mein Vater eine gute neue Welt. Alles, was er sah, faszinierte ihn. Es war, als hätte er sich während seines ersten Fluges eine neue Persönlichkeit zugelegt. Er wischte seine dicke, beschlagene Brille sauber und war glücklich, als wir mit dem Taxi die ersten nordamerikanischen Flachbauten passierten, er begeisterte sich für die Autos, die anders waren als bei uns, für die großen Bäume und die Verkehrsschilder. Sogar das Aussehen der Kanadier fand er irgendwie exotisch. Er steckte mich an. Ich war enthusiastisch und begann mich über jedes Detail zu freuen wie ein Kind, weil *er* es sah.

Wir wachten beide erst auf, als es dämmerte. Das tiefe Brummen der Klimaanlagen der umliegenden Hochhäuser erfüllte die muffige Hotelsuite. Vor den schlierenbedeckten Fenstern regnete es Wasserstaub. Ich hatte uns beide in den Jetlag getrieben, indem ich uns einen Mittagsschlaf verordnet hatte.

Wir gingen in das nächstbeste Restaurant, ein elegantes, voll besetztes Fischlokal. Die Höflichkeit der Kellner verunsicherte meinen Vater. Schnell rechnete er die Preise wahllos ausgesuchter Gerichte von kanadischen Dollar in Euro um. Er war ein sparsamer Mann. Wenn er mit meiner Mutter einmal etwas außer Haus konsumierte, dann teilten sie es. In ihrem Leben gab es das meiste nur halb. Halbe Kuchenstücke, halbe Pizzas, halbe Apfelschorlen.

Doch jetzt schluckte er seinen Schock hinunter und lud mich ein. Er wollte, dass es mir gut ging mit ihm, und ich wusste das zu schätzen, denn es schmerzte ihn offensichtlich. Meine Mutter hatte ihm zwar die Reise bezahlt und ihm ein ordentliches Taschengeld mitgegeben, aber Familiengeld, das man ausgab, war schließlich ebenfalls Geld, das man ausgab. Auch wenn meine Mutter kürzlich einen nicht unbedeutenden Betrag von einer Nachbarin geerbt hatte. Sie hatte ihm gegenüber zwar mehrfach betont, dass dies ihr Geld sei, denn er hatte die Nachbarin nicht gemocht und es ihr gegenüber auch nicht verheimlicht. Da meine Mutter jedoch weder etwas mit Banken noch mit Verträgen zu tun haben wollte, kümmerte er sich darum und hatte achtundneunzig Prozent des Geldes für sehr lange Zeit fest angelegt.

Wir beobachteten die anderen Restaurantgäste. Mein Jetlag fühlte sich an, als säße ich in einer Wanne voll Watte. Ein leichter Schleier auf der Netzhaut zeichnete die Welt vor meinen Augen weich. In dieser Umgebung erschien mir mein Vater plötzlich wie ein Fremder, den ich gerade erst getroffen hatte. Ich fragte mich sogar, ob wir wirkten wie ein ungleiches Liebespaar. Im nächsten Moment dachte ich, dass er einfach nicht hierher gehörte. Als ob er nur er selbst wäre, wenn er in Jogginghosen fernsah. Als ob er nur mein Vater wäre, wenn alle anderen deutsch sprachen. Ich wollte dieses Gefühl nicht empfinden. Ich wollte, dass alles so blieb, wie es im Taxi war. Doch als ich ihm die Speisekarte übersetzte, spürte ich plötzlich, wie verletzlich und einsam er auf diesem anderen Kontinent war. Und wie sehr auf mich angewiesen.

Es regnete dauerhaft dicke Fäden. Mit unseren riesigen Hotelschirmen liefen wir die Robson Street Richtung Aquarium hoch. Der Tag war anthrazit. Mein Vater stieß mir mehrmals eine der Schirmspitzen ins Gesicht. Die Taxis spritzten das Wasser der Pfützen auf das Trottoir, und die Architektur war nichtssagend. Nicht einmal Menschen begegneten uns.

Die Seeotter zu sehen war wie eine warme und mütterliche Umarmung an diesem fremden Ort. Auch mein Vater folgte ihren Bewegungen voller Liebe. Kein Tier und kein Mensch ist so lebensbejahend wie ein Seeotter: Wie sie sich Arm in Arm auf dem Rücken im Wasser treiben lassen und dabei in den Himmel blicken. Wie sie, ganz bei sich, in diesem Element spielen, als wäre es etwas Besonderes, als würden sie überhaupt nicht immer darin leben. Sie ruhen in sich und wissen es nicht.

»Du, Franzi?«, sagte mein Vater.

»Ja?«

»Und wenn ich sterbe bei der Operation oder der Krebs schon gestreut hat?«

»Hat er bestimmt nicht, Papa. Denk gar nicht dran«, sagte ich. »Der PSA-Wert war doch gar nicht so schlecht und ich hab das gegoogelt. Bei Wikipedia stand, dass der PSA-Wert in den meisten Fällen auch aussagt, wie weit der Krebs fortgeschritten ist«, fügte ich hinzu. Mein Vater war dankbar für die fundiert recherchiert klingende Antwort. Ich hatte so schnell und bestimmt gesprochen, dass es klang, als könne ich den Krebs mit Worten vertreiben.

Als wir still und staunend vor den schneeweißen Belugawalen standen, deren Haut glatt war wie Kunststoff, schien mein Vater sehr traurig. Ich traute mich nicht zu fragen, was ihm auf dem Herzen lag, denn ich fürchtete ein weiteres Gespräch über den Krebs oder gar den Tod. Sein Stimmungstief aber rührte daher, dass dies für ihn der einzige Moment in seinem Leben sein würde, in dem er diese anmutigen Meerestiere erlebte, seinen Fotoapparat jedoch im Hotel vergessen hatte. Er konnte nicht festhalten, was er sah, was für ihn diesen einzigartigen Moment zerstörte. Mit der Sensibilität eines Diktators bügelte ich über sein Problem hinweg und schlug ihm vor, im Souvenirshop Postkarten mit Bildern von Walen zu kaufen. »Aber ich wollte doch der Mama ein Bild von mir und den Walen zeigen, wenn ich zurück bin«, sagte er.

»Ja, blöd«, antwortete ich.

»Können wir noch mal hierherkommen?«

»Das kannst du alleine machen, Papa.«

»Ja, o. k.«, sagte er enttäuscht über so wenig Zusammenhalt an unserem ersten richtigen Reisetag. Und ich war dort, wo ich immer ankam, wenn ich mehr Zeit als ein paar Stunden mit meinen Eltern verbrachte: Es war wie eine in Stein gemeißelte Regel, dass man irgendwann jegliche Sensibilität verlor. Als kämpfe man um das nackte Überleben.

Als wir am Abend von den Kuratoren, die mich mit meinen Skulpturen nach Vancouver eingeladen hatten, auf einem Cocktailempfang begrüßt wurden, heiterte sich der Gemütszustand meines Vaters auf. Der Stolz auf das Leben seiner Tochter führte seine Mundwinkel in einem sanften Bogen nach oben. Für Stunden lag dieser Ausdruck von Zufriedenheit auf seinem Gesicht. Mir hingegen wurde von dem süffigen kanadischen Chardonnay, der nach sommerlichem Fruchtkorb schmeckte, immer übler.

»We are very pleased to have you here«, sagte John, einer der Kuratoren. Er schwitzte stark, obwohl es keineswegs warm war in der Bar des Pacific Palisades Hotels.

»Was hat er gesagt?«, fragte mein Vater.

»Er freut sich, dass wir hier sind.«

»Sag ihm, wir uns auch.«

»The pleasure is on our side«, gab ich weiter.

»Did you have a good journey?«

»Yes, everything has been great. And my father flew for the first time in his life, you know.«

»Oh God, I don't believe it! Really?« Er blickte meinen Vater an, als hätte man ihm soeben mitgeteilt, dass er ein berühmter Vertreter der Leipziger Schule oder ein iranischer Exilkünstler wäre.

»Was is los?«, fragte mein Vater.

»Er findet es toll, dass du hierhergeflogen bist, also deinen ersten Flug gemacht hast.«

John, der nach dem zügigen Leeren mehrerer Gläser Wein nicht mehr transpirierte, erzählte allen Anwesenden diese unglaubliche Geschichte. Meinem Vater war es nicht unangenehm, er rückte beinahe in den Mittelpunkt der Veranstaltung. Ich hingegen beobachtete die anderen Künstler, die sich unterhielten und offensichtlich kannten und fühlte mich ausgeschlossen. Ich nehme es den Menschen übel, wenn sie sich schon kennen. Dass ich mit meinem Vater hier war, machte es nicht leichter. Er war so gut gelaunt, dass er begann, Witze zu machen, die ich übersetzen sollte.

»Papa, das ist gar nicht komisch.«

»Doch, find ich schon, sag's ihm, ich kann ja nicht.«

»Ich will das aber jetzt nicht übersetzen.«

»Doch, das ist lustig, mach mal.«

»Nein.«

»Bitte.«

»Schau, jetzt sind sie schon bei einem ganz anderen Thema.«

Mein Vater aß in den nächsten Tagen das erste Sushi seines Lebens, sah einen Bären auf einem Berg über der Stadt, aß seinen ersten echten Hotdog, und kehrte ins Aquarium zurück, in dem er die weißen Wale nun endlich fotografierte. Wir verirrten uns nach Junkie Town, eine Gegend, die mich an einen Zombiefilm denken ließ, doch mein Vater fand es aufregend, unter Crack- und Heroinabhängigen zu sein. Er führte beim Frühstück lange Gespräche mit einem Künstler aus Graz und sah wildfremde Kanadier, die Eintrittskarten für eine Ausstellung mit Werken seiner Tochter kauften. Er war immerzu bei mir, und er war neugierig und zufrieden.

Ich wünschte mir, seine Freude zu teilen, doch meine Gefühlsschwankungen wurden immer dynamischer und ich zunehmend wortkarg. Mein Vater aber ließ sich von meinen Launen nicht beeindrucken. Er war schon immer ein Stoiker gewesen. Seine Töchter und seine Frau hatten ihn wahrscheinlich dermaßen angestrengt, dass er irgendwann aufgewacht war und beschlossen hatte, in Zukunft nur mehr die Hälfte wahrzunehmen. Im Gegenzug ging er der Familie seinerseits auf die Nerven, ohne sich dabei schlecht zu fühlen.

Um allein zu sein, versuchte ich ihn zu organisierten Touristentouren zu überreden, doch es war ihm wichtig, weiter in meiner Nähe zu bleiben. Es nutzte nichts, dass ich ihm die Aussicht, eine deutschsprachig geführte Bustour zu machen, anpries, als wäre ich der neue Star bei Home Shopping Television. Er begleitete mich überallhin. Er fuhr mit mir durch die Stadt und wartete geduldig vor Secondhandläden und in den Umkleideräumen amerikanischer Bekleidungsketten. Er wartete im Maskenraum des lokalen Fernsehsenders, dem ich ein Interview für die deutsche Expat-Gemeinde gab, er stand vor Hotelzimmern, in denen ich Journalisten Fragen beantwortete, er wartete morgens in unserem Zimmer, bis ich aufwachte, er wartete immerzu. Seine Geduld war so groß wie meine Unruhe, die mich mittlerweile durch diese Stadt rennen ließ, als hätte ich es eilig.

Für das große Thanksgiving-Künstlerdinner zog er sich wieder seine besten Sachen an, den französischen Pullover und die Barbour-Jacke, und strich sich vor dem Spiegel die Haare glatt.

»Kann ich so gehen, sieht das gut aus?«

»Papa, ich will allein dorthin gehen«, antwortete ich.

Seine schmalen Augen unter der starken Brille blinzelten verletzt.

»Aber ich bin doch eingeladen, ich hab ja auch eine Einladungskarte bekommen.«

»Ich weiß, aber du musst ja nicht überallhin mitkommen. Lass mich mal was allein erleben.«

»Aber du warst doch gestern Abend schon allein weg.«

»Ich will da allein hin!«

»Was soll ich denn dann machen?«

»Du könntest früh schlafen gehen oder lesen.«

»Aber jetzt hab ich mich extra umgezogen.«

»Das war ja jetzt auch nicht so anstrengend, oder?«

»Außerdem hab ich Hunger.«

»Du kannst ja noch einen Hotdog essen gehen.«

»Ich weiß ja gar nicht, wo.«

»Einfach links die Fleet Street runter.«

»Aber ich weiß nicht mehr, wo die Fleet Street ist, und außerdem ist es dunkel.«

»Papa, die Fleet ist die nächste links, das weißt du! Und Straßenlaternen haben die hier auch.«

»Ich hab mich aber auch auf den Truthahn gefreut.«

»Du magst doch gar keinen Truthahn.«

»Doch, ich mag Truthahn, wenn er gut gemacht ist.«

Ich wusste genau, dass er Truthahn nicht ausstehen konnte. Er fand ihn widerlich trocken und fad.

»Papa, du lügst, du hasst Truthahn«, sagte ich, doch er blieb dabei.

»Nein, ich mag andere Sachen lieber, aber Truthahn mag ich auch.«

»Das stimmt einfach nicht.«

»Ich weiß ja wohl selbst am besten, ob ich Truthahn mag oder nicht.«

»Ich gehe jetzt allein zu diesem Essen.«

Geknickt setzte er sich auf den unbequemen Hotelstuhl. Während ich zügig zur Zimmertür schritt, bat er mich, ihm etwas von dem Truthahn mitzubringen, woraufhin ich ihn für wahnsinnig erklärte.

Wackelig setzte ich meine Stiefel in den weichen, türkisblauen Teppich des modernen Ballsaals und suchte mir einen Platz an einem der riesigen, leeren Tische. Ich versuchte ein wenig Wein zu trinken, von dem mir wieder übel wurde, etwas, was ich nicht kannte. Ich hatte immer viel getrunken, und schlecht wurde mir normalerweise erst nach mehr als einer Flasche.

Ich zappelte auf meinem Stuhl herum und hielt mich an meinem Glas fest, bis schließlich eine attraktive Gruppe an meinem Tisch Platz nahm. Sie hatten viel gemeinsam erlebt in der Stadt: Min aus Shanghai, David aus Kentucky, Hugo aus Lissabon, John, der wieder schwitzte und zitterte, Indi aus Los Angeles und die anderen. Ich entschuldigte vor John die Abwesenheit meines Vaters mit dessen Jetlag, den er schon lange nicht mehr hatte. Doch dass mein Vater nicht da war, änderte nichts an meiner Situation. Als wäre ich unsichtbar, saß ich neben dieser kosmopolitischen Gruppe mehr oder minder erfolgreicher Künstler, deren Selbstbewusstsein mich beeindruckte und gleichzeitig beleidigte. Ich versuchte an ihren Gesprächen teilzunehmen und wurde doch nur ein einziges Mal wahrgenommen, denn ich war ja diejenige, die mit ihrem Vater da war, der das erste Mal in seinem Leben geflogen war.

Hastig verschlang ich zwei Portionen Truthahn mit Preiselbeersauce und Süßkartoffelpüree und stand auf. Ich zog meinen Mantel über und schlich zum Buffet, wo ich versuchte, in aller Heimlichkeit einen schönen, großen Teller für meinen Vater zusammenzustellen, und zwei Stück Kuchen in meine Taschen stopfte. Ich balancierte den sauceüberfluteten Teller durch den Raum und hinaus auf die Straße. Im Taxi schwappten mir Preiselbeeren auf mein Kleid, und für einen Moment beobachtete ich mich selbst in dieser Situation. Ich saß also mit einem Teller voll Essen in einem Taxi in Kanada.

Als ich die Lobby betrat, sah ich den Schatten meines Vaters direkt vor mir in den geöffneten Aufzug hasten. Seine unbändige Angst um mich hatte ihn wohl den ganzen Abend in der Lobby warten lassen. Ich versuchte, hinterherzustürmen, was mit dem Teller nicht einfach war, und so stand ich eine Weile vor den geschlossenen Türen des Lifts und bereitete eine Wutrede vor. In unserer muffeligen Suite war es dunkel. Ich öffnete die Tür zum Schlafzimmer meines Vaters und zweifelte daran, ob er tatsächlich der Schatten in der Lobby gewesen war. Er schien zu schlafen, ganz ruhig und tief. Seine Brille lag mit dem Glas nach unten auf dem Nachttisch und seine Ohropax waren überall verstreut. Es war nicht zu finster im Raum, und ich blickte meinen Vater prüfend an, wie er sanft und zufrieden atmete, starr auf dem Rücken liegend, den Kopf gerade zur Decke gerichtet. Dann sah ich seine Hosenbeine, die unter dem Polyesterüberwurf ebenso hervorlugten wie die Bündchen seines guten Pullovers. Er war nie ein guter Lügner gewesen, auch wenn er oft geübt hatte. Ich machte das

Licht an und teilte ihm in strengem Tonfall mit, dass ich Truthahn dabeihatte. Er setzte sich mit mir an den Tisch in meinem Zimmer und verschlang das kalte, unappetitlich aussehende Essen. Einen Teller Matsch hatte ich ihm mitgebracht, dachte ich. Aber das hatte er auch verdient. Als er mir reumütig »Gute Nacht« zuflüsterte, antwortete ich nicht.

Am nächsten Morgen wachte ich spät auf. Ich holte die Silikonmasse aus meinen Ohren, und der Verkehrslärm der regennassen Robson Street drang zu mir durch. Müde schleppte ich mich ins Bad und war verstimmt wegen des verlorenen Zeitgefühls. Ich fragte mich, wo mein Vater war. Er hatte doch immer auf dem Stuhl gesessen, wenn ich aufgewacht war. Die Essensreste waren verschwunden, und auf dem Tisch lag eine Klappkarte mit dem Bild kanadischer Ahornbäume. Ich öffnete sie und las: »Liebe Franzi, ich hoffe, dass ich Dir Deine Reise nicht vermiest habe. Es tut mir sehr leid, dass ich gestern auf Dich gewartet habe. Ich kann einfach nicht anders. In tiefer Liebe, Papa.« Ich stemmte mich gegen den kleinen Gummiball, der in mir hochkroch und in meinem Mund herumsauste. Ich kniff alles in meinem Gesicht zusammen, doch der Gummiball war unnachgiebig. Am liebsten hätte ich geschrien, weinte aber wie ein kleines, krankes Kind. Mein Vater war in der neuen Welt positiv geworden, und es war, als hätte ich mit dem kleinen Trolley ohne rotem Band, den ich für ihn aus dem Flughafen gerollt hatte, seine Negativität übernommen.

Als ich mich ein wenig beruhigt hatte, entdeckte ich einen Notizzettel an der Zimmertür. »Bin mit dem

Thomas nach Chinatown. Bussi, Papa«, hatte er in seiner altmodisch-eckigen Schrift darauf notiert. Und wer bitte war Thomas? Und was tat er mit diesem Thomas in Chinatown? *Wir* hatten vorgehabt, zusammen nach Chinatown zu gehen. Ich mutmaßte, dass Thomas der Österreicher war, den er beim Frühstück kennengelernt hatte.

Ich hatte keine Idee, was ich nun den Tag über tun sollte. Mir wurde wieder übel und ich übergab mich aus Zeitmangel direkt in das kleine Waschbecken. Wie jeden Tag sammelte ich die kleinen Aveda-Hotelduschgels ein, die das Zimmermädchen immer wieder aufs Neue im Bad hinterließ, und versteckte sie in meinem Kulturbeutel.

Dann fuhr ich nach Chinatown. Ich stieg in den Bus und beobachtete die Menschen. Ich beschäftigte mich mit den verkratzten Schalensitzen und dem Licht, das langsam durch die hellgrauen Wolken brach und schon bald wieder hinter ihnen verschwinden würde. Ich stellte mir vor, wohin die Menschen gingen. Ich sah helle Apartments vor mir und kleine, schlecht lackierte Holzbungalows, sportversessene Ehemänner, dicke Eltern und gesunde Kanadierinnen, die North-Face-Jacken trugen und am Wochenende in die Berge fuhren. Ich blickte zum ersten Mal, seit ich hier angekommen war, durch meine eigenen Augen, zugleich vermisste ich meinen Vater und fragte mich, ob es ihm mit diesem Thomas wirklich gut ging. Er hatte angeberisch gewirkt, war groß und stämmig. Ich sah den immensen Mann und meinen kleinen Vater vor mir und musste lachen.

Es war hübsch in Chinatown, die rote Farbe der Läden wärmte die graue Luft. Ich lief die drei Straßen, aus denen das Viertel bestand, rauf und runter, bis ich den Riesen mit dem kleinen Mann vor einem Teeladen stehen sah. Der tschechische Kunsthistoriker war auch dabei. Mein Vater nickte und machte anscheinend einen Witz, über den die anderen beiden herzlich lachten. Sie gingen weiter und mein Vater wirkte dabei, als wäre es für ihn ganz selbstverständlich, mit ein paar Freunden durch Chinatown zu schlendern. Er war nun weit weg, ich sah, wie entspannt er sich bewegte, und seine Schultern sagten mir, dass es ihm gut ging. Ich lief eine Weile hinter ihnen her, wartete, als sie in einem Medizinladen verschwanden und folgte ihnen weiter zu einem Imbiss. Dann ging ich zurück zum Hotel.

Monatelang berichtete er meiner Mutter in allen Einzelheiten von unserer Reise. In seinen Schilderungen veränderte sie sich. Sie war wie ein üppiges Barockgemälde, an dem stetig weitergearbeitet wird. Meine Mutter kannte irgendwann sogar die Namen der Straßen von Vancouver und die Bezeichnungen verschiedener Sushi-Röllchen.

Gleichzeitig richtete er sich wieder mit aller Gemütlichkeit in der Ereignislosigkeit ein, denn die Prostata war entfernt worden und der Krebs hatte nicht gestreut. Mein Vater stellte seine Ernährung um und aß nun wie manisch Chilischoten – er hatte in einer Zeitung gelesen, dass sie vor Krebs schützten, und zog daraus den Schluss, dass man umso weniger krebsgefährdet war, je mehr man davon aß.

Niklas war drei Monate alt, als Georg und ich das erste Mal mit ihm zu meinen Eltern fuhren. Mein Vater war vernarrt in unseren kleinen Sohn, der ihn stets anlachte, wenn er wieder einmal genussvoll in seine scharfen Schoten auf blankem Vollkornbrot biss, als würde er für deren vitalisierenden Effekt werben. Wir hatten jedoch den Eindruck, dass er es mit seiner Diät übertrieb, denn er war mager geworden und seine Haut war so hell und dünn, dass sie an Esspapier erinnerte. Jeden Bissen, den er zu sich nahm, vermerkte er in einem kleinen karierten Heft. An Reisen hatte er nun kein Interesse mehr, es musste für das Alter gespart werden.

»Aber du bist doch schon alt«, sagte ich.

»Ich kann ja noch älter werden und die Mama auch.«

»Aber wann willst du das Geld dann ausgeben?«

»Wenn wir es jetzt ausgeben, ist es weg.«

Am letzten Tag unseres Besuchs räumte er schon Stunden vor unserer Abreise alles auf. Selbst meine Kaffeetasse war verschwunden und säuberlich gespült, bevor ich sie leer getrunken hatte. Ich war es gewohnt, dass er alles sofort wegräumte, er hatte uns damit oft in den Wahnsinn getrieben. Meine Mutter verbrachte ganze Tage nur mit dem Suchen von Gegenständen, die er in der Wohnung von A nach B schaffte, denn er legte die Dinge an Orte, die er daraufhin selbst vergaß.

Doch an diesem Tag schien er besonders gehetzt. Er räumte herum, wir suchten, der Kleine schrie. Mit Schweiß auf der Stirn klappte er die kleine Couch zusammen, auf der wir übernachtet hatten. Als er das Bettende mit aller Kraft hinunterstemmte, ertönte ein grauenhaftes Geräusch. Er hatte vor lauter Aufräumen die Katze zerquetscht. Das war jedenfalls mein erster Eindruck. Dass sie sich noch bewegen konnte, wunderte mich. Sie verkroch sich in eine Ecke und sah ganz jämmerlich aus. Während wir auf das schwer atmende Tier starrten, schrie ich: »Die stirbt, die ist schon fast tot. Oh Gott, Papa, guck sie dir an, die stirbt. Papa, du bist so ein Idiot.«

Er begann schwer zu atmen. Seine Haut glich nicht mehr dem Esspapier meiner kindlichen Schwimmbadbesuche, sie war jetzt hellgrau. Er hielt sich an der Kommode fest und stotterte: »Oh nein, oh nein, die Lotte.« Er krallte seine Hand in die Kommode: »Franzi, ich hab sie umgebracht, was sollen wir denn jetzt machen?«

»Also, unser Kind lass ich jedenfalls nicht bei dir!«

Ich rief den Tierarzt an und schickte meinen Vater mit der Katze dorthin.

Wir warteten, aber mein Vater kehrte nicht zurück. Der Arzt sagte mir am Telefon, er habe die Praxis schon vor längerer Zeit verlassen. Der Katze gehe es den Umständen entsprechend gut. Sie habe nur eine Prellung und einen Schock. Man müsse schon so einiges anstellen, um eine Katze umzubringen.

»Und wie sah mein Vater aus?«

»Ein wenig blass und gestresst, würde ich sagen. Wie die meisten, die gerade ihr Haustier verletzt haben.«

Meine Mutter kam von ihrem Halbtagsjob zurück und bereitete alles für die Rückkehr der Katze vor. Als das Telefon klingelte, hob sie ab. Ein Arzt teilte ihr mit, dass mein Vater zusammengebrochen war und in der Nacht notoperiert werden würde. Vier seiner Arterien seien zu, die Hauptarterie zu 99 Prozent. Eigentlich hätte er unter diesen Umständen einen gigantischen und finalen Herzinfarkt erleiden müssen. Wir sollten nicht vorbeikommen und erst in ein paar Stunden anrufen. Wo die Katze war, wussten sie nicht.

Als ich das erste Mal anrief, sollte die Operation nicht mehr lange dauern. Sie sagten, es laufe nicht schlecht. Beim zweiten Mal drang Blut aus einer Arterie, und sie warteten ab.

Er würde nun wahrscheinlich meinetwegen sterben und hatte auch nur meinetwegen nicht einmal eine einzige schöne Fernreise erlebt. Ich hätte ihn glücklich machen können und hatte diese einmalige Gelegenheit verstreichen lassen.

Beim dritten Anruf teilten sie uns mit, dass er noch mal »aufgemacht« werde, man versuche, die Blutung zu stoppen, was bisher nicht gelungen sei. Wir weinten und telefonierten mit meiner Schwester, die nicht verstand, warum wir so »ausflippten«, er lebe ja schließlich noch. Katrin war ruhig, denn sie bereute nichts. Meine Mutter und ich hingegen fühlten uns schuldig. Trotz aller gegenseitigen Versicherung, dass man bei ihm eben nicht anders konnte, tat uns jedes einzelne, ungeduldige Wort leid.

Bei meinem vierten Anruf sagte der Stationsarzt, dass mein Vater jetzt wieder »zu« sei und nur noch ein bisschen blute. Beim fünften Mal hatte er es geschafft.

Ein Baby mit auf die Intensivstation zu nehmen ist verboten, also schmuggelte ich Niklas hinein. Mein Vater sollte spüren, dass wir alle bei ihm waren.

Es kamen überall Schläuche aus ihm heraus. Er war bläulich und wachsig, als hätte man ihn bereits vorsorglich einbalsamiert. Sie hatten ihn sediert, weil er sich so aufgeregt hatte. Das Sprechen fiel ihm schwer, aber in seinen Augen sah ich Dankbarkeit und Liebe. Das Erste, was er sagte, war: »Wo ist denn die Katrin?«

»Die muss so viel arbeiten.«

»Gell, Franzi, das war schön in Vancouver. Weißt du noch, die Seeotter?«

»Ja, Papa. Das war schön.«

»Wirklich schön war des. Eigentlich war's viel zu kurz.«

Jetzt hatte er wirklich alles überlebt, und wir waren sicher, er würde nun anders leben. Wir hätten geschworen, er sei dankbar, dass er das Leben noch einmal geschenkt bekommen hatte und würde sich der begrenzten Zeit, die ihm mit seinen 70 Jahren noch blieb, bewusst. Doch mein Vater sah das anders. Jetzt konnte ihm wirklich nichts mehr passieren. Es wurde wieder gespart und nun wollte er definitiv nicht mehr verreisen. Er las Bücher über fremde Länder und blieb zu Hause. Manchmal teilten sich meine Eltern einen Kaffee in der Innenstadt. Mein Vater sprach umso mehr von den Belugawalen. Er beschrieb jedes Detail ihres großen Körpers. Er tat das, weil er sich so gern erinnerte, er tat es aber ebenso, weil der Wal, wegen dem er in das Aquarium zurückgekehrt war, auf dem Foto nicht zu erkennen ist. Es ist nur eine große Blitzreflektion auf der Scheibe zu sehen, die den Wal verdeckt.

PANAMA

Sie sitzt weit, weit oben im Baum, auf einem Ast, der zu schmal für sie scheint. Ich kann es kaum aushalten, sie dort oben zu wissen. Ich stelle mir vor, wie sie so schnell stürzt, dass ich es nicht sehen kann. Ich würde zwei Bilder ihres Sturzes wahrnehmen: wie sie wackelt und wie sie am Boden liegt. Begleitet von einem Schrei, der dazwischen stattgefunden hat, für mich zeitlich aber nicht mehr zuzuordnen wäre.

Doch sie streichelt entspannt ein Faultier, dort oben im Baum. Sie hat lange nach einem gesucht, eigentlich sind wir sogar wegen der Faultiere hierhergekommen. Wir hätten ebenso in ein anderes Land reisen können, aber es gibt nicht viele Plätze, an denen Faultiere leben und man gleichzeitig baden kann. Ich würde genauso gerne eines streicheln, habe aber ein Problem damit, auf einen haushohen Baum zu klettern. Ich warte darauf, dass ich einem auf der Erde begegne, dann werde ich es in meine Arme nehmen und nicht mehr loslassen. Faultiere sind ja so langsam, es könnte mir nicht davonlaufen, und scheu sind sie auch nicht. Vielleicht sind sie aber nur zu schläfrig, um scheu zu wirken. Betrachtete man menschliche Blicke in Zeitlupe, würde man Emotionen sicher auch ganz anders interpretieren. Scheu wäre dann vielleicht kokett oder nachdenklich.

Auch langweilige Menschen würden in Zeitlupe wahrscheinlich interessant und tiefgründig erscheinen. Ich sollte versuchen, alles langsamer zu machen, meine Wirkung auf andere wäre dann sicherlich außergewöhnlich, denn in Normalgeschwindigkeit empfinde ich mich als eher durchschnittlich.

Ganz im Gegensatz zu Irma. Sie ist in keinem Moment ihres Lebens jemals unauffällig oder normal gewesen. Ich bewundere sie dafür, dass sie dort oben auf dem Baum sitzt, allerdings hasse ich sie auch dafür, denn es strengt mich an, dass sie alles erleben will. Ich versuche, mein Buch zu lesen, eines über die Trübsal von Mittdreißigern in einer deutschen Großstadt, und stelle fest, dass es nicht in diese Hütte zwischen Urwald und Meer passt. Ich hole mir ein anderes, ich habe sechzehn Bücher mit nach Panama gebracht.

Irma ruft mich, das Tier umarmt sie jetzt. Wie es wohl für ein Faultier ist, Besuch von einem so großen Menschen zu bekommen? Ich bitte Irma, mir das Tier mit herunterzubringen, damit ich es streicheln kann. »Das schaffe ich nicht, kletter doch einfach selber hoch, die ist noch ewig hier. Bis zum nächsten Ast braucht sie mindestens zehn Minuten.«

»Ich traue mich aber nicht da hoch!«

»Ich bring sie dir nicht.«

»Woher weißt du denn, dass es eine Sie ist?«

»Ich habe nachgeschaut. Ich komme jetzt runter, ich will noch die Brüllaffen finden.« Heute Morgen hat sie welche gehört, sie sagte, sie klängen wie ein LKW mit Startschwierigkeiten. Ich will sie nicht finden, denn sie können aggressiv werden, aber Irma stört das nicht.

Während sie herunterklettert, versuche ich mich auf

den Engländer zu konzentrieren, den ich gerade auf-
geschlagen habe, doch Bath ist ebenso falsch für Panama
wie Berlin oder Portland. Ich denke darüber nach, ob
ich sechzehn widersinnige Bücher eingepackt habe. Vielleicht ist es aber nur die fehlende Konzentration, denn
das Meer tost mir in den Ohren. Die Brandung an der
Inselspitze ist immens, die Wellen sind mir zu laut, obgleich ich mich schäme, das zu denken. Der Himmel ist
verhangen, er scheint beinahe auf mich zu fallen, so tief
ist er. Dennoch schwitze ich. Das Grün der Palmen sticht
mir wegen des flächigen Lichts in den Augen. Die Farbe des Meeres ist die einer alten Pfütze, ich sehe meine
Hände an, die Haut wirkt blaustichig. Ich blicke in den
grellgrauen Himmel.

Irma steht plötzlich vor mir und hat einen kleinen,
mohnroten Frosch in der Hand. »Guck mal, den habe
ich gerade gefunden. Die sondern halluzinogenes Sekret
aus. Wenn man daran leckt, soll man einen wunder-
samen Rausch erleben.«

»Willst du ihn jetzt ablecken?«

»Ja, warum nicht?«

»Ich will ihn nicht ablecken.«

»Komm, das ist doch spannend. Du wirst vielleicht nie
wieder in deinem Leben die Möglichkeit haben, einen
tropischen Frosch abzulecken.«

»Ich kann ohne diese Möglichkeit leben.«

»Aber allein möchte ich es auch nicht machen.«

»Dann mach es doch einfach nicht.«

»Hmm.«

Sie setzt den Frosch auf ein Blatt und blickt ihm melancholisch hinterher. Wenn ihr etwas nicht gefällt, nimmt
ihr Gesicht sofort den Ausdruck eines kleinen, unglück-

lichen Mädchens an, obgleich sie sonst unerschütterlich wirkt. Ihre Lippen sind wahrhaftig zu einem Flunsch gezogen, ihre Nase nähert sich dem Mund, ihr Kinn kräuselt sich.

»Du bist nicht offen, Nina.«

»Doch, sehr.«

»Du hättest nicht nach Panama reisen sollen.«

»Nein, das ist nicht wahr. Es geht mir gut in Panama.«
Sie schüttelt den Kopf und geht in die Hütte.

»Lass uns essen gehen«, rufe ich ihr versöhnlich hinterher.

»Ich muss mich noch mal hinlegen.«

»Nein, bitte nicht.«

»Nur kurz.«

Sie legt sich auf ihr Bett, wir haben zwei schmale Pritschen, kein gemeinsames Bett. Die ersten beiden Nächte haben wir uns gemeinsam auf eins der Einzelbetten gelegt, schliefen Arm in Arm ein und erwachten trotz der Hitze, die auch nachts unseren Holzbungalow erfüllte, eng umschlungen. Wir schwitzten und klebten aneinander, aber wir mochten es, dass wir uns in dem schmalen Bett nicht voneinander lösen konnten.

Das Meer brüllt, doch Irma schließt die Augen und schläft sofort ein. Sie kann immer und überall schlafen, und sie kann lange schlafen. Manchmal hasse ich ihren Schlaf, denn ich verbringe die meiste Zeit damit, auf ihr Erwachen zu warten. Manche Menschen warten auf Ehemänner, die zu viel arbeiten oder Liebhaber, die sie nicht lieben, oder Frauen, die sie betrügen. Ich warte darauf, dass sie aufwacht. Das Schlafen ist ihre Art der Untreue, für mich ist es fast ebenso schwer zu ertragen wie ein One-Night-Stand. Manchmal glaube ich sogar, sie würde eher einen geliebten Menschen als eine Stunde ihres täglichen Schlafes opfern.

Ich lege mich auf die andere Pritsche und sehe sie an. Ihr Gesicht ist ganz entspannt, so sehr, dass ihre Wangen ein wenig hängen. Ich lege mich zu ihr, sie schiebt ihren Hintern in die Kuhle, die mein Becken und Bauch bilden. Ich streiche über ihre verklebte Haut, rieche an ihren verschwitzten Haaren, küsse ihr sandiges Schlüsselbein. Ich schiebe meine Hand zwischen ihre Beine, sie bewegt sich ein wenig, aber nur, um weiterzuschlafen. Ich klettere über sie, küsse ihre Brust, die nach Insektenschutzmittel schmeckt. Nichts kann sie erschüttern, nichts weckt sie auf. Ich gehe zurück auf meine Pritsche. Wenn ich erst einmal warte, konzentriere ich mich auf das Warten und die Minuten fließen zäh wie Zement. Ich weiß nicht, was ich sonst machen soll. Ich kann an der Inselspitze nicht baden, die Brandung ist zu hoch. Ich könnte auf der anderen Seite der Insel schwimmen, aber ich will nicht allein durch den Urwald laufen. Ich will mit Irma essen gehen.

Ich zwinge sie aufzustehen, sie wirkt traurig, weil ich ihr etwas wegnehme, was ihr zusteht. Ihr Schlaf ist ihr Eigentum, niemand außer ihr selbst darf ihn berühren.

Es ist schon dunkel, als wir schwitzend und wieder versöhnt den unbefestigten Weg Richtung Dorf entlanggehen. Die kleinen Laternen leuchten in einem Gelb, das ebenso fahl wirkt wie das blaustichige Licht des verhangenen Himmels. Irmas Schritte klingen selbst auf dem weichen Untergrund wie Holzclogs auf Beton. Ihr Auftreten ist so kräftig, dass sie an jedem Ort der Welt wahrgenommen wird. Ich laufe hinter ihr her, wie schon die ganze Reise über. Sie ist meine Beschützerin, sie räumt den Weg für mich frei. Am Wegesrand hängen Männer herum und gucken, wer vorbeikommt. Sie sind sehr schwarz, nur ihr Augenweiß leuchtet mich an. Aus manchen Hütten dröhnt Reggae, sie rauchen Dope. Irma grüßt die Männer entspannt, nickt hier und da, sagt »Hey Maan«. Ich folge ihr und halte Abstand zu den Jungs. »Hey Lady, watch your bag!«, rufen sie mir zu, reflexhaft umklammere ich meine Tasche. Irma meint, sie würden mir damit sagen wollen, dass ich keine Angst zu haben brauche. Und als sie es sagt, habe ich auch keine mehr. Ich weiß, dass mir nichts passieren kann, solange ich mit ihr durch die Straßen laufe. »Hast du Angst vor den Typen hier, weil sie schwarz sind?«, fragt sie.

»Natürlich nicht«, antworte ich. Doch vielleicht hat sie recht, vielleicht sind mir die Menschen hier zu unbekannt. Vielleicht habe ich auch zu viele Schwarze in Filmen über Favelas und Ghettos gesehen und halte sie an einem Ort wie diesem demnach für potentiell gefährlicher. Trotzdem widerspreche ich ihr vehement, denn ich will nicht, dass ich so denke und vor allem will ich nicht, dass sie denkt, dass ich so denke.

Wir setzen uns in den *Red Rooster*, ein Café auf Stelzen im brackigen Wasser. Nur dort, wo die Abwasser ins Meer gelangen, gibt es etwas zu essen auf dieser Insel. Der Laden gehört zwei Amerikanern, die bald in diesem tropischen Paradies sterben werden. Die Besitzerin ist um die fünfzig. Sie ist knochig und hat dabei den Bauch einer Hochschwangeren. Sie trinkt so viel, dass ihre Leber sie nicht mehr retten kann. Der Mann ist von oben bis unten rot. Seine Augen sind müde, der massige Körper bewegt sich träge. Als ich am Tag zuvor am Tisch neben der Bar gefrühstückt habe, sah ich, wie er zitterte. Er bückte sich unter den Tresen, um heimlich Schnaps zu trinken. Stinkend, aber mit ruhiger Hand, servierte er mir das Frühstück.

Irma bestellt sich eine Menge Essen. Shrimps und Krebse, Hummerteile, Fisch, Reis und Salat. Sie isst mit vollkommener Hingabe. Sie kaut wie ein Kind, ihr Gesicht wird bis zur Stirn durch die Kiefer in Bewegung gehalten. Sie schmatzt mit geschlossenem Mund, ihr Genuss ist innig. In schnellen langen Schlucken trinkt sie Bier dazu, ebenso ungestüm, wie sie isst. Ich kann den Weg der Flüssigkeit den Hals hinab beobachten. Sie liebt das Essen wie das Schlafen und alles, was man genießen kann. Irma gibt sich immer hin.

Sie bietet mir Salat aus ihrer großen Schüssel an. »Nein, danke, das Wasser soll doch hier so schlecht sein. Ich probier das lieber nicht.«

»Ja, gut«, sagt sie. Wortkarg und abwesend isst sie weiter.

Dann nehme ich mir die Schüssel, sehe Irma eindringlich an und esse den ganzen Salat auf einmal auf. Ich schiebe ihn in großen Portionen in den Mund und schlucke ihn, ohne lange zu kauen. Ich sehe die Andeutung eines Lächelns auf ihrem Gesicht. Motiviert stopfe ich mich weiter mit dem wässrigen Grün voll. Ich würde mir am liebsten noch einen bestellen, damit sie sieht, wie gut es mir in Panama geht.

»Du hättest mir ruhig was übrig lassen können«, sagt sie. »Jetzt habe ich nur noch Fisch ohne Beilage.«

»Wir bestellen einfach noch einen«, sage ich euphorisch.

»Bis die Alkis den bringen, ist der Fisch kalt.«

»Hmm, ja, entschuldige.«

»Ich bestelle uns noch Bier, o. k.?«

Wir trinken viel und beobachten das Paar, dessen Schritte nun unsicher werden. Ich bin berauscht von meinem Mut, ich fühle mich stark. Es war richtig, es war das Beste, was ich machen konnte, den Salat ganz aufzuessen.

Mitten in der Nacht wache ich auf. Jeder Muskel, Nerv, jeder Milliliter Blut, einfach alles in meinem Körper schmerzt. Ich scheine zu zerbrechen. Ich kann es nur aushalten, indem ich es rhythmisch herausstöhne. Ich beginne, mich zu wiegen, immer, wenn ich nach vorne rolle, ächze ich, wenn ich zurückrolle, atme ich laut seufzend ein: »Hmmmmm, himmmm.«

Ich klinge wie ein Damentennisspiel. Gabriela Sabatini gegen Monica Seles, oder Venus Williams gegen Maria Sharapova. Ein kräftiges Stöhnen begleitet den Aufschlag, kopfstimmiges Kreischen den Return.

Irma wälzt sich, dann dreht sie sich zu mir.

»Was ist denn los?«, fragt sie.

»Ich habe irgendetwas ganz Schlimmes, mir geht es sehr schlecht.«

Sie kümmert sich um mich, gibt mir einige Tabletten und gleitet durch die Monotonie meines Stöhnens wieder in den Halbschlaf.

Ich weiß nicht, was ich habe, es kann keine Lebensmittelvergiftung sein, denn ich muss mich nicht übergeben. Ich suche im Reiseführer im Kapitel »diseases«

nach einer Erklärung und komme zu dem Schluss, dass es nur Gelbfieber sein kann. Ich lese, dass sieben Prozent aller Gelbfiebererkrankungen tödlich enden, dass wir uns in einem Gelbfiebergebiet befinden und dass es keine ursächliche Therapie gegen dieses tropische Fieber gibt. Ich stöhne noch lauter.

»Ich weiß, dass es unangenehm ist mit deinen Gliederschmerzen, das tut mir so leid, Nina. Ich weiß nur nicht, was ich jetzt dagegen machen soll«, sagt sie.

»Du musst ja nichts machen, lass mich einfach nur stöhnen.«

»O. k.«

»Wir müssen morgen früh in das Krankenhaus in Bocas.«

»Wirklich, ist es so schlimm?«

Drei Stunden lang sitzen wir in einem unverputzten Raum unter einem Ventilator. Der Boden aus ungestrichenem Beton, der Empfang ein alter Holztisch, dahinter meist niemand, manchmal eine Schwester mit altmodischer Spitzenhaube. Draußen ist es sonnig und heiß. Der Ventilator dreht die warme Luft wie ein Rührgerät zähen Teig. Es geht mir besser, aber wir müssen abklären, ob es nicht doch Gelbfieber ist. Kein Patient verlässt die Untersuchungsräume und keiner geht hinein. Der Arzt sei beschäftigt, heißt es.

Nach Stunden werde ich von einem dicken, desinteressierten Arzt untersucht, der sagt, ich solle Aspirin nehmen und mich nach Hause schicken will. Ich frage, ob er mich für hundert US-Dollar etwas genauer untersuchen kann. Er hört mich ab, wiegt mich, leuchtet mir in die Augen, guckt unter meine Achseln, gibt mir sicherheitshalber ein Antibiotikum und steckt die fünf Zwanziger in seine Brusttasche.

»Schade, dass wir den sonnigen Tag verpasst haben, ich wäre so gerne Kanu gefahren«, sagt Irma.

»Wir können ja morgen Kanu fahren, ja?«

»Oder ich fahre jetzt kurz allein.«

Ich bin gekränkt. Ich fühle mich einsam, aussätzig, sie muss mit mir mitleiden, sie kann mich nicht einfach mit meinen sechzehn falschen Büchern in der Hütte sitzen lassen.

»Ich komme mit«, sage ich.

»Nein, du bist krank, du musst ins Bett.«

»Egal, ich komme mit. Ich will nicht allein in der Hütte bleiben.«

»Warum nicht? Es ist doch so schön da. Du kannst dich doch auch auf der Veranda in die Hängematte legen.«

»Nein. Es geht mir auch schon wieder ziemlich gut. Die Tablette, die er mir gegeben hat, hilft.«

Ich bin immer noch schwach, aber das kühle Wasser, das über mein Kanu schwappt, erfrischt mich. Wir paddeln hintereinander in Richtung einer kleinen, unbesiedelten Insel.

Es riecht nach Salz und Wind, die Palmen auf der kleinen Insel leuchten in einem bräunlich-warmen Grün. Das Licht wird immer fantastischer, denn am Himmel, noch ein Stück von der tief stehenden Sonne entfernt, braut sich ein Gewitter zusammen. Ich möchte umkehren, aber Irma will zuerst auf die Insel. Sie mag keine halben Sachen, das wüsste ich doch, sagt sie. Nur schnell noch die paar Hundert Meter dorthin paddeln, uns küssen und wieder zurückfahren, will sie. »Dann können wir sagen, dass wir uns einmal in Panama auf einer einsamen, unbewohnten Insel geküsst haben. Fast niemand hat sich jemals auf einer völlig einsamen Insel in Panama geküsst«, meint sie.

»Ich würde dich aber ungern auf einer einsamen Insel küssen und auf dem Rückweg ertrinken«, antworte ich.

»Komm, das Gewitter ist noch viel zu weit weg, das schaffen wir locker. Und sonst warten wir auf der Insel, bis es vorbei ist.«

»Nein, wenn wir dort unter Bäumen sitzen, können wir genauso sterben. Man soll bei Gewitter nicht unter Bäume. Und Wiesen gibt es da keine, obwohl, auf Wiesen soll man sowieso auch nicht, glaube ich. Ich muss das mal googeln.«

Irma ist enttäuscht. »Ich passe auf dich auf, versprochen«, sagt sie.

»Das ist nett von dir, aber ich will lieber zurück. Tut mir leid. Wirklich. Ich will dich lieber jetzt hier küssen. Von Kanu zu Kanu, das machen auch nicht so viele Leute.«

»Nein, sonst kippst du um und stirbst.«

»O. k., ich fahre zurück und warte auf dich«, sage ich traurig und wende das Kanu. Eine Welle schwappt darüber, ich erschrecke, ich habe Angst, mit diesem schmalen Boot zu kentern, ich bin zu weit vom Land weg, um es schwimmend zurückzuschaffen und trage auch keine Rettungsweste, weil ich das vor Irma peinlich finde.

»Warum, verdammt noch mal, hast du kein Vertrauen ins Leben?«, ruft sie mir hinterher. Ich antworte nicht. Denn ich habe Vertrauen ins Leben, aber ebenso vertraue ich auf offensichtliche Tatsachen, die das Leben beenden können, und dazu gehört Kanu fahren auf offener See bei Gewitter, bei Blitzschlag unter Bäumen rumlungern, bei Gliederschmerzen in Gelbfiebergebieten nicht zum Arzt gehen, all das. Außerdem kann ich nichts dafür, dass ich kein Gelbfieber habe. Ich wünsche mir, ich hätte Gelbfieber, dann würde Irma endlich begreifen, dass die Welt nicht gefahrlos ist. Und sie würde mich endlich einmal bemitleiden. Dann paddle ich, so schnell ich kann, den Wellen davon.

Das Gewitter ist schon lange vorüber. Ich fühle mich wie ein Kind, das seine Mutter im Einkaufszentrum verloren hat. Das träge Ticken der Uhr erfüllt die Hütte. Ich überlege, ob ihr etwas zugestoßen sein könnte, ob ich sie mit dem Kanu suchen oder vielleicht jemanden finden sollte, der sie mit einem Motorboot sucht. Ich entscheide mich dagegen, denn allmählich denke ich, es wäre besser, sie würde sterben, als dass sie sich von meiner Sorge belästigt fühlt. Ich muss mich stark und unbeeindruckt zeigen. Der Salat war ein Anfang.

Nach weiteren zwei Stunden Wartezeit bin ich fast bereit, mich mit dem Kanu allein in die Wellen zu stürzen, aber ich will ihr nicht hinterherfahren. Ich werde nichts tun – nur dann, wenn sie angespült wird.

Nass und betrunken kehrt sie im Dunkeln zurück. Sie hat mit einem Einheimischen Rum getrunken. Sie wirkt gelöst, zufrieden, neugierig auf alles, was wir noch tun müssen, denn er hat ihr vom Schnorcheln erzählt, vom Surfen und von einem einsamen Strand, der bei Flut umspült wird. Ich lächle und beneide ihren Enthusiasmus, doch ich würde so gerne einfach nur Urlaub machen. Ich frage sie, ob der Einheimische hübsch ist. »Nein, er sieht ein bisschen seltsam aus. Und er hat immer eine Schlange um den Hals hängen«, sagt sie. »Aber er war nett und sehr lustig. Wir sind morgen mit ihm verabredet, er bringt uns zu dem einsamen Strand, den können wir allein nicht finden. Er will uns auch Surf-unterricht geben.«

Ich habe große Angst vor Wellen. Selbst kleine Mittel-meerwellen erschrecken mich, seitdem ich einmal von einer unter Wasser gedrückt wurde. Ohnehin habe ich erst spät schwimmen gelernt, und obwohl ich es kann, fühle ich mich nie wirklich sicher dabei. Doch ich sage nichts. Ich werde stoisch meinen anvisierten Weg ge-hen. Die Dinge genauso hinter mich bringen, wie ich die Salatschüssel bewältigt habe. Irma ist sich nun ein-mal sicher, dass man das Schicksal nicht beeinflussen kann. Sollte man sterben müssen, würde man es irgend-wann, sollte man ausgeraubt werden, würde man eben umorganisieren. Sie sieht noch nicht einmal einen Sinn darin, dass ich meine Kreditkarten in Cremedosen und dreckigen Unterhosen, die ich nach außen stülpe, ver-stecke. Sie meint, sie kennt das so nicht von mir.

Also sage ich: »Toll, ich freu mich, mit dem Schlan-gentypen baden zu gehen. Da habe ich große Lust zu. Schön!«, und lächle sie an. Sie freut sich, dass ich mich freue und gibt mir einen Kuss. »Willst du mit mir schla-fen?«, fragt sie lallend. »Ja«, antworte ich.

Seine starken Oberarme, kräftiger als meine Schenkel, glänzen seiden, er trägt ein verwaschenes Muscle-Shirt mit 90er-Jahre-Aufdruck und Cargo-Bermudas. Er hat

Tattoos auf den Armen, am Hals und an den Beinen. Die Nadelstiche am Hals müssen schmerzhaft gewesen sein. Die Schlange, die ihm um den Nacken hängt, ist nicht sehr groß, sie ist mir dennoch unsympathisch. Er will, dass ich sie streichle, und das mache ich. Ich mag ihn, er hat tatsächlich Humor und ich habe Spaß daran, von ihm den Urwald gezeigt zu bekommen. Irma isst Termiten aus einem Baumstumpf, auch ich probiere eine Fingerkuppe davon. Er zeigt uns Mimosen, die ich gerne anfasse. Sie ziehen sich rasch und weich zusammen, wenn sie auch nur eine Berührung erahnen. Irma lächelt mich auf eine seltsame Art an, als wir über die empfindlichen Pflanzen sprechen, ich bin ein wenig verletzt, doch ich vergesse es, als er uns ein Stück Primärwald zeigt, das so außerordentlich und wundervoll ist wie nichts, was ich jemals zuvor gesehen habe. Ich will diesen Märchenwald nie wieder verlassen. Hier fühle ich mich zum ersten Mal, seit wir in Panama sind, sicher. Ich halte weder die Hand über meinen Bauchbeutel, bis mir die Schulter schmerzt, noch versuche ich, meine Tasche auf der wegabgewandten Seite zu tragen.

Der Schlangenmann zeigt uns Straßen von Blattschneideameisen, die tagein, tagaus Gegenstände herumtragen, die mehr als doppelt so groß sind wie sie selbst. Ich mag, wie er über die Tiere spricht, er vergleicht sie mit Menschen. Ameisen, meint er, sind nie überarbeitet.

»Vielleicht wäre es schön, eine Ameise zu sein«, sage ich.

»Ich glaube, du würdest sogar als Ameise leiden«, stellt Irma fest und erfreut sich an ihrem Witz. »Du wärst wahrscheinlich die erste Ameise der Welt mit einem Burn-out. – ›Oh nein, oh nein, wenn ich jetzt noch ein halbes Blatt trage, muss ich in Behandlung!‹« Ich lache mit.

Als wir dann am Strand liegen, fasst der Schlangenmann Irma plötzlich an den Hintern, fest und lange. Sie schlägt ihm ins Gesicht, er lächelt sie an. Er greift noch einmal aggressiv und kräftig an ihren Po und quetscht ihre Brüste. »Fuck you!«, sagt sie.

»But why you came to beach with me then?«, fragt er.

»Because I wanted to see the beach.«

»I am not your guide. You can go home alone«, sagt er und geht.

»Ich weiß ungefähr die Richtung«, sagt Irma zu mir. »Keine Sorge.«

»Wer geht schon im Dschungel verloren, weil er von einem Mann mit Schlange um den Hals hängen gelassen wird«, lächle ich.

Im Dschungel sagt sie, dass sie mich liebt. Ich habe das Gefühl, sie sagt es nur, weil sie denkt, dass wir hier nicht mehr lebend rauskommen. Dass uns vielleicht eine Horde Brüllaffen überfällt oder Skorpione beißen. Auch ich sage ihr, dass ich sie liebe. Mehr als mich selbst. Kurz darauf ärgere ich mich, dass ich es gesagt habe.

Als wir zurück in der Hütte sind, teilt uns der amerikanische Vermieter mit, dass wir die nächsten zwei Tage kein Wasser haben werden und lädt uns auf ein paar Drinks ein. Wir trinken mit ihm und seinem Sohn Lance, einem weichen jungen Mann, der feminin wirkt und Krishna anbetet. Wir trinken so lange, bis wir redselig werden. Wir erzählen ihnen von dem Mann mit der Schlange.

»Ah, that guy, you know him, Lance?«, fragt der Vater, als hänge ihm der Typ ein wenig zum Hals raus.

»Yes, isn't that the guy who killed a man over at Bocas?«, antwortet Lance leicht angeekelt.

»Yes, yes«, sagt Bob. »Girls, you shouldn't go with him again.«

»Oh wow, he didn't look like«, sagt Irma. »I mean o. k., maybe a bit.«

Lance steht mit seinem unsportlichen Körper, zwei Surfboards und uns beiden am Strand. Er sagt, er könne ein wenig surfen. Die Wellen sind majestätisch an diesem Tag. Draußen sehen wir sehnige Körper, die sie völlig unangestrengt und mit Grazie entlangfahren. Ich frage mich, wie sie dort hinausgekommen sind. Um auf den Wellen zu gleiten, müsste auch ich sie erst überqueren. Lance zeigt uns mit linkischen Bewegungen, was wir zu tun haben. Ich sage: »Ich mag die Schönheit der Wellen so sehr.« Er fragt, wer von uns als Erstes hinausmöchte. Ich brülle es fast: »Ich!«

Wir machen uns auf den Weg. Nach ein paar Metern schlägt mir das Board gegen die Hüftknochen und ich jaule vor Schmerz, doch ich muss weiter. Gut, dass Irma mich so weit gebracht hat, surfen zu gehen, wo ich die letzten zehn Jahre noch nicht einmal schwimmen gegangen bin, wenn die See nicht spiegelglatt war. Wenn ich es erst einmal bis dort draußen geschafft habe und auf dem Brett stehe, werde ich nie wieder Angst vor den Wellen haben. Ich fühle mich mutig und stark, sie bringt mich dazu, dass ich so werde wie sie, und dafür bin ich ihr dankbar. Ich halte das Board seitlich, noch kann ich gehen. Eine Welle erwischt uns, das Board knallt mir ins

Gesicht. Meine Nase schmerzt, aber das kalte Wasser wird sie kühlen. Es brennt an meiner Stirn. Ich lege mich auf das Board und paddle auf die Wellen zu. Ich überquere die erste Welle und spüre Stolz, ich überquere noch eine und bin zufrieden. Es kommt eine große Welle auf mich zu. Ich werde panisch, Lance ruft mir zu, ich solle runter vom Board, unter der Welle durchtauchen. Es klappt. Dann bekomme ich das Board wieder ins Gesicht, mir wird ein wenig schwindlig, aber es ist nicht mehr weit. Noch zwei oder drei Wellen, das schaffe ich. Wieder rollt eine majestätische, wunderschön geformte Welle heran. Ich betrachte ihren Verlauf, sehe vor mir, wie sie sich langsam brechen wird und die Surfer in ihrem Tunnel dahingleiten werden. Ich kann mich nicht entscheiden, ob ich auf dem Board bleiben oder runtergehen soll. Ich entscheide, dass ich draufbleibe, so wie die echten Surfer. Ich muss mich nur flach darauf legen, versuchen, die Spitze hinunterzudrücken und lässig durch sie hindurchgleiten. Sie kommt näher und ich merke, dass sie verdammt groß ist, zu groß für mich. Ich mache alles richtig. Aber die Welle wirft das Surfboard und mich mit ihrer gewaltigen Kraft um, wir machen einen Rückwärtssalto, das Board fliegt auf meinen Kopf, ich schlucke Wasser.

Als ich aufwache, sitzt Irma neben meinem Bett. Der Arzt kommt und teilt uns mit, dass ich das Krankenhaus in fünf Tagen verlassen kann. Aber Irma sagt, sie möchte gerne allein weiterreisen, sie will nicht, dass ich wegen ihr am Ende noch sterbe. Sie sagt, sie hält meine Ängstlichkeit nicht mehr aus, meine ewige Skepsis. Sie will in den Tag leben, und das kann man mit mir nicht. Sie hätte nicht gedacht, dass sie auf dieser Reise herausfindet, dass sie mich nicht liebt, aber jetzt wisse sie auch, warum. Sie habe mir im Dschungel gesagt, dass sie mich liebe, weil sie das auf eine freundschaftliche Art und Weise immer noch tue. Aber schlafen kann sie jetzt nicht mehr mit mir, sie hat nicht mehr genug Respekt. Ich frage sie, warum jetzt, wo ich doch mutig geworden bin. Sie sagt, es sei nun eben zu spät, ich könne ja noch nicht mal einen Schwarzen ansehen, ohne Angst zu bekommen. Sie übertreibt, sie verletzt mich, ich schreie sie an, so gut es geht, denn es schmerzt, wenn ich laut werde. Ich wäre beinahe gestorben beim Surfen. Das Leben wurde mir noch einmal geschenkt, aber nicht mit Irma.

Ich schlendere allein den Strand entlang und setze mich in die pralle Sonne, ich will die Hitze spüren. Ich sehe den Schlangenmann an der Wasserkante entlanglaufen. Sein Anblick macht mich nostalgisch, denn er ist das Einzige an diesem Ort, was noch mit ihr zu tun hat. Sie ist irgendwo auf dem Weg nach Costa Rica oder Nicaragua, vielleicht Honduras, sie wusste es noch nicht genau.

Ich habe Sehnsucht nach dem Schlangenmann, weil er sie kennt. Ich gehe zu ihm und setze mich mit ihm in den Sand. Er fragt mich, ob ich mit auf ein Boot kommen will, raus zum Krabbenfänger fahren und frische Krabben holen. Ich freue mich, dass er mich einlädt. Wir setzen uns in ein kleines Motorboot und fahren hinaus ins Blau.

SPRICH MIT MIR

Barbara betrachtete sein leidendes Gesicht. Es war in einem eigenartigen, postmodernen Stil gehalten. Jesus' Mund war geöffnet und stark in die Länge gezogen. Es sah so aus, als schreie er jemanden an. Dabei hatte genau dieses Abbild von Gottes Sohn immer so sanft mit ihr gesprochen, wenn sie ihn brauchte. Nur heute schwieg er. »Warum sagst du nichts? Ich will doch nur wissen, was ich zu ihr sagen soll, wenn ich sie anrufe«, bat sie ihn. Doch Jesus sah sie einfach nur an und erstrahlte jetzt im Licht, das durch das Mosaikfenster fiel, in Regenbogenfarben. Barbara formulierte ihre Frage noch einmal neu und ließ ihm Zeit für eine Antwort.

Einmal mehr fragte sie sich, wie er ein so großes Kreuz hatte tragen sollen, seine Arme reichten nicht einmal bis zur Hälfte des Querbalkens. Sie sah ihn vor sich, wie er es mühsam zentimeterweise über den Schotter des Berges Golgatha schleifte. Wie er nicht nur mit dem Kreuz auf dem Rücken langsam vorwärtskroch, sondern das Kreuz an der oberen Kante zerrte und dabei rückwärts ging. Er hatte das auch für sie getan, und dafür war sie ihm dankbar. Selbst wenn er heute nicht mit ihr sprach.

Barbara fröstelte. Die St.-Joseph-Kirche am Rande der schwäbischen Kleinstadt war ein hoher Bau mit unverputzten Backsteinwänden und wenig Schmuck. Es roch nach feuchten Ziegeln und Weihwasser in Tonschalen. Barbara kniete neben der Beichtkabine, über der ein Gemälde der heiligen Maria angebracht war. Sie ähnelte ihr. Barbara trug ebenso dickes, langes Haar und ein großes, locker angelegtes Tuch aus schwerem, dunklem Wollstoff um den Kopf. Ein langer Glockenrock bedeckte ihre Beine, die flachen Schuhe waren darunter kaum zu sehen.

Mehr als zwanzig Minuten hatte sie nun auf Jesus' Antwort gewartet. Sie sah ihm fordernd in die Augen, empfand sie es doch langsam als Zumutung, wie er sie hier herumsitzen ließ. Außerdem hatte sie es eilig, sie musste noch die Treppen putzen und den Installateur anrufen. Sie würde zu Hause, am Abend, noch einmal versuchen, mit ihm zu sprechen.

Als sie die enge, kleine Wohnung betrat, hörte sie ein Rascheln und den Ton des Fernsehers aus der Wohnküche. Ihr sechzehnjähriger Sohn Andreas saß auf der Couch und sah eine Gerichtsshow. Er wirkte nervös, als sie ihn mit einem Kuss begrüßte. Überall lagen Zewa-Tücher herum. Er machte immer Unordnung, und sie hatte es aufgegeben, ihm das Aufräumen beizubringen. Dass er Dinge tat, die keiner verstand, war ebenso nichts Neues für Barbara. Deshalb fragte sie auch nicht, warum er so viel Küchenrolle gebraucht hatte und strich ihm über den Kopf. Sie räumte auf und zündete eine der Heiligenkerzen an, die sie überall in der Wohnung verteilt hatte. Sie hoffte, die Kerze würde Jesus zum Sprechen bringen. Sie hatte eine besonders große und schöne gewählt, die sie immer zu schade zum Anzünden gefunden hatte. Barbara hatte die Familienwohnung in eine Kapelle verwandelt. Madonnen, Papst- und Jesusabbildungen hingen an den Wänden, standen auf Schränken und Tischen. Türen und Ecken hatte sie mit Kreuzen geschmückt und das Ganze mit künstlichen Blumen und Kerzen verschönert. Die kirchliche Ausstattung verlieh der Wohnung mit dem dunklen PVC-Boden eine Art Magie. Günther, ihr Mann, hatte das nie verstanden. Er wollte die Wohnung bunt streichen, hatte er einmal gesagt, und die ganzen Heiligen abhängen. Sie hatte daraufhin nur noch mehr Bilder von ihnen gesammelt.

Ohne den Blick vom Fernseher abzuwenden, bat Andreas seine Mutter, ihm etwas zu essen zu machen. Barbara schmierte ihm Leberwurstbrote, schnitt sie in schmale Streifen, richtete sie im Kreis auf einem Teller an und garnierte ihn mit Cornichons. Andreas war unselbständig, aber daran hatte sie sich gewöhnt. Sie hatte beschlossen, für ihn da zu sein, wenn nötig auch für immer. Seine Haare hingen schon wieder strähnig bis zum Kinn. Er war blass, er war kaum draußen gewesen die vergangenen Tage. Der Flaum über seiner Oberlippe war nachgewachsen, ebenso vereinzelt Härchen an seinen Wangen. Barbara bat ihn, zu baden, doch er hatte keine Lust. Sie versprach, ihm den Rücken zu schrubben, denn er mochte es gerne, wenn sie mit der harten Bürste auf seiner Haut entlangfuhr. Doch diesmal war er besonders lethargisch, er wollte nur die Zeit totschlagen, bis sein Vater endlich fertig war mit dem Haus.

Sie dachte wieder einmal darüber nach, dass es vielleicht doch nur der fehlende Sauerstoff war, der Andreas zu dem gemacht hatte, was er war. Vielleicht wäre ihr

Sohn unter anderen Umständen sportlicher geworden und würde jetzt eine Lehre machen. Vielleicht hätte er wenigstens passabel Fußball gespielt und mit seinem Vater im Hof Bälle unter der Linde gekickt, so wie die anderen Kinder. Vielleicht waren es wirklich nur diese paar Minuten gewesen, in denen er als Baby nicht genug Luft bekommen hatte. Sie wusste immer noch nicht, ob es richtig gewesen war, auf der natürlichen Geburt zu bestehen. Sie war nicht mehr jung, als sie mit Andreas schwanger war, aber sie hatte auf Gott vertraut, darauf, dass man in die Natur einer solchen Sache nicht eingreifen durfte, Gott hätte das bestimmt als Einmischung empfunden. Sie ärgerte sich, dass sie sogar die Zange abgelehnt hatte, denn von jetzt aus betrachtet empfand sie eine Geburtszange nicht mehr als so unnatürlich. Als ihr Kind endlich rausgekommen war, hatte es nicht geschrien.

Doch Barbara liebte ihren Sohn so, wie er war, auch wenn es nicht leicht für sie war, dass er so interesselos vor dem Leben stand, nachdem er die Sonderschule doch noch hinter sich gebracht hatte. Und dass es ihm gut damit ging, nicht zu arbeiten. Er konnte schließlich nicht sein ganzes Leben lang fernsehen, sie hatten ohnehin nur drei Programme, denn Barbara war gegen Kabelfernsehen.

Günther, ihr Mann, rief von draußen in die geöffneten Fenster der Erdgeschosswohnung, dass sie in den Hof kommen sollten. Da stand er stolz und gerade, die Hände in den Taschen der Arbeitshose, einen Papierhut auf dem Kopf. Er war schmal geworden, dachte Barbara. Es war ihr nie aufgefallen, vielleicht sah sie ihn heute das erste Mal seit langer Zeit wieder richtig an. Günther sprach feierlich: »Es ist fertig, Andreas, wenn der Lack trocken ist, kannst du es einräumen.« Sie blickten lange zu dem kleinen Verschlag hoch oben im Baum, den Günther für seinen Sohn gebaut hatte. Es war ein verspätetes Geburtstagsgeschenk. Azurblau leuchtete es aus der Linde heraus. Der Junge strahlte und wippte vor Aufregung mit dem Bein. Für einen Augenblick waren sie als Familie einfach nur glücklich. Im nächsten Moment lag ein Gefühl des Aufbruchs in der Luft. Als würde Andreas nun ausziehen und in Zukunft seiner eigenen Wege gehen. Er hatte nun sein eigenes, kleines Haus, er würde seine Tage dort verbringen. Zu Hause würde er nur noch schlafen und essen, dachte Barbara. Ihr Blick trübte sich. Sie hatte das Gefühl, als ob sie nun schon ihr zweites Kind verlöre. Doch sie würde Andreas niemals loslassen, und sie war ein bisschen froh darüber, dass er so war, wie er war.

Am Abend kniete sich Barbara auf den Betstuhl im Schlafzimmer und zündete eine weitere Kerze an. Sie hatte beschlossen, nun direkt mit Gott zu sprechen. Vielleicht würde er ihr antworten. »Gott, Allmächtiger, bitte sag mir, was ich zu ihr sagen soll am Telefon.« Doch auch Gott schwieg eisern. Es war, als hätten sich alle da oben gegen sie verschworen. Sie hatte nicht einmal mehr Lust, es mit der Muttergottes zu probieren. Sie musste ihre Tochter eben auch dann anrufen, wenn sie keinen Rat bekam. Barbara hatte seit Jahren nicht mehr mit ihr gesprochen. Sie war jung gewesen, als sie Martha bekommen hatte, und die Ehe nicht gut. Als Martha fünfzehn war, war sie von zu Hause fortgegangen. Sie hatte gesagt, dass man es mit einer Heiligen als Mutter nicht aushalten könne, und Gott könne sie mal kreuzweise, das waren ihre Worte gewesen, als sie die Wohnung verlassen hatte. Seitdem hatte Barbara nur ein paarmal mit ihr gesprochen, denn sie konnte ihrer Tochter lange nicht verzeihen. Martha war irgendwann ins Ausland gegangen und der Kontakt abgerissen. Nun, da Andreas in dem Alter war, in dem Martha verschwunden war, bemerkte Barbara, dass sie selbst sich verändert hatte. Dass sie netter war mit Andreas, als sie es mit ihrer Tochter je gewesen war, weniger streng, offener, und dass sie ihn nur selten zu etwas zwang.

Barbara nahm den Hörer ab, doch sie wählte nicht. Sie beschloss, erst einmal zu üben. Zunächst probte sie die Begrüßung.

»Hallo, meine Liebe.«

»Wer ist da?«, hörte sie.

»Hallo, Martha, hier ist deine Mutter. Wie geht es dir?«

»Gut.«

Sie beschloss, ausführlicher zu beginnen.

»Hallo, Martha, ich bin's. Ich denke oft an dich in letzter Zeit und wollte mich melden und dich fragen, wie es dir geht und was du so machst.«

»Gut, Mama, es geht mir gut. Wie geht's dir denn?«

»Super.«

»Und Andreas? Der ist schon ganz schön groß jetzt, oder?«

»Ja, und er hat jetzt ein Baumhaus.«

»Schön, deine Stimme zu hören«, sagte Martha.

»Ebenfalls.«

»Ich würde dich gerne einladen, uns zu besuchen. Dann siehst du auch deinen Bruder wieder. Eigentlich kennst du ihn ja nur als kleines Kind, und ich bin jetzt auch ganz anders.«

»Ja, du hörst dich auch ganz anders an. Ich komme gerne vorbei, ich muss nur sehen, wann. Ist ja nicht gerade um die Ecke von hier aus. Wann wäre es dir denn recht?«

Es lief jetzt rund, und Barbara war ganz enthusiastisch.

»Wann immer du möchtest, Liebes.«

»Ich ruf dich einfach an, wenn ich einen Flug gebucht habe.«

»Ja, toll. Wir freuen uns schon. Ich werd es gleich den anderen erzählen. Du kannst mich immer anrufen«, sagte Barbara.

»Danke, dass du das sagst!«

»Ja, also, tschüss dann.«

»Gut, Mama, ich freu mich schon.«

Barbara lehnte sich zurück und war erleichtert, dass sie diese Übung so souverän hinter sich gebracht hatte. Gut gelaunt ging sie in die Küche und überredete Andreas, zu baden. Hatte sie am Nachmittag noch ihren Frust über Jesus' fehlende Kommunikationsbereitschaft in die Steintreppen der Häuser gebürstet, für die sie als Hausmeisterin tätig war, ließ sie die Badebürste jetzt sanft auf Andreas' Rücken kreisen. So sanft, dass er sie aufforderte, fester zu schrubben.

Andreas war nun jeden Tag schon ab frühmorgens im Baumhaus. Er hatte sich lange überlegt, wie er sein Eigenheim nennen sollte und sich schließlich für »Das Himmelhaus« entschieden. Sein Vater hatte ihm das kleine Schild gemalt, das über der Tür hing. Darunter ein kleiner Zettel, auf dem »Betreten verboten« stand. Doch es konnte ohnehin niemand hinein, der nicht den Schlüssel für das Vorhängeschloss hatte.

Am Mittag sah Andreas die Kinder mit ihren Schulranzen unten stehen. Begeistert blickten sie zum Haus hinauf. Er genoss ihre Bewunderung und hoffte, sie wären auch ein bisschen neidisch. Er sah noch lange aus dem Kunststofffenster, beobachtete die Kinder, die Rollschuh-Verstecken spielten. Vor einiger Zeit hatte er sie gefragt, ob er mitmachen dürfe. Rollschuhfahren konnte er nicht, aber er schlug vor, zu Fuß mitzuspielen. Er sagte ihnen, dass er schnell rennen könne und sie erlaubten ihm zum ersten Mal, teilzunehmen. Er rannte hin und her, fand schließlich ein gutes Versteck hinter einer Mülltonne und wartete. Schweiß rann ihm von der Stirn in die Augen und brannte, sein T-Shirt war nass. Er wartete lange, guckte immer wieder unauffällig, ob jemand in der Nähe war. Doch niemand kam. Es war ein warmer Tag, und Andreas mochte warme Tage nicht, denn er schwitzte übermäßig stark. Sie waren deswegen schon bei vielen Ärzten gewesen. Einer hatte schließlich zu seiner Mutter gesagt: »Frau Ensle, ich halte das Transpirationsproblem Ihres Sohnes für psychisch begründet.« So ging Barbara nicht mehr mit Andreas zum Arzt. Sie erklärte ihrem Sohn, dass das Quatsch sei, weil es ihm doch gut ginge. Und die Psyche, also seine Seele, würde ja wohl kaum den Schweiß produzieren. Barbara ärgerte sich jetzt noch über diesen dahergesagten Satz des Arztes. Er hatte sie beleidigt, denn wenn Andreas psychische Probleme hatte, hieß das ja, dass er mit ihr unglücklich war, und sie war nun wirklich nicht daran schuld, dass er schwitzte. Das waren seine Drüsen. Sie konnte richtig zornig werden, wenn sie daran dachte, dass der arrogante Arzt sie für den Schweiß ihres Sohnes verantwortlich machen wollte. Wahrscheinlich war sie auch für anderer Leute Schweiß verantwortlich, hatte sie zu ihm gesagt, vielleicht ja sogar für den Schweiß der ganzen Welt.

Andreas wartete zwei Stunden hinter der Mülltonne und war sich am Ende nicht sicher, ob er das Versteckspiel gewonnen hatte oder ob die Kinder ihn vergessen hatten. Als Barbara davon erfuhr, klingelte sie bei allen Eltern der umliegenden Häuser. Sie war außer sich vor Wut und forderte, dass man die Kinder bestrafte und sie sich bei ihrem Sohn entschuldigten. Doch sie kamen nicht vorbei. Die Eltern meinten, Kinder seien eben so.

Barbara spülte ab und ärgerte sich über Günther, der faul auf der Couch lag, die nun frei war, weil Andreas den Großteil seiner Zeit im Baumhaus verbrachte. Manchmal fragte Barbara sich, warum er sich dort oben nicht langweilte, immerhin gab es keinen Fernseher. Jedenfalls wirkte es, als hätte Günther immer darauf gewartet, dass der Platz auf der Couch für ihn frei würde, und das nahm sie ihm übel. Er sah fern und aß zufrieden ein Graubrot mit Schinken, über ihm lächelte Papst Johannes Paul II. Sie liebte dieses Bild. Günther hatte einmal zu ihr gesagt, der Blick des Papstes wirke abwesend und komisch, sie hatte mit ihm diskutiert, denn sie sah in seinem Blick Liebe und Verständnis. Doch die Zeiten solcher Gespräche waren ohnehin vorbei. Seit ein paar Monaten redeten sie nicht mehr miteinander als unbedingt nötig. Barbara war nicht viel zu Hause, denn sie arbeitete meist, ging in die Kirche oder kümmerte sich um Nachbarn. Sie suchte schon sehr lange Freundschaften in der Straße, doch sie fand keine. Sie hatte nur ihre Familie und deshalb hatte es sie umso mehr getroffen, als sie gerochen hatte, dass Günther sie betrog. Barbara war sich sicher, dass er es getan hatte, denn sie konnte unfassbar gut riechen, schmecken und hören. Sie hatte schließlich nie etwas getan, was ihre Sinne hätte trüben können. Kein Alkohol, kein Nikotin, keine laute Musik und auch fast kein Sex.

Seit über sechzehn Jahren hatte sie nicht mehr mit Günther geschlafen. Manchmal hatte sie Lust verspürt, doch Gott erlaubte es nicht. Es stand in der Bibel, dass der Geschlechtsverkehr dazu da war, Kinder zu zeugen. Günther hatte lange versucht, sie von dieser Auffassung abzubringen, doch als sie schließlich den Betstuhl ins Schlafzimmer stellte, wusste er, dass er kapitulieren musste. Er schlief fortan auf der Klappcouch und kämpfte nicht mehr.

Andreas verließ nun manchmal schon um acht Uhr die Wohnung, nahm sein Frühstück und ein Vormittagsbier mit in das Baumhaus und kam nur wieder, wenn er mal musste. Barbara vermisste ihn, doch sie besuchte ihn nur sehr selten. Er hatte sich jetzt unten eine Klingel von seinem Vater an der Leiter befestigen lassen. Wenn man nicht läutete, bevor man hinaufstieg, wurde er wütend. Er wollte eben ein bisschen erwachsen sein, dachte Barbara. Und er war so ausgeglichen und zufrieden, seit er sein Häuschen hatte, er sah sich keinen Quatsch mehr im Fernsehen an, und er machte keine Unordnung mehr.

Dann kam der Brief der Hausverwaltung. Sie schrieben, dass keine Genehmigung für das Baumhaus vorliege und es aus diesem Grund zeitnah abgerissen werden müsse. Barbara beschloss, nicht klein beizugeben. Sie schickte dem Geschäftsführer der Hausverwaltung einen gepfefferten Brief zurück und hoffte, dass ihre Wortwahl Wirkung zeigen würde.

Eine Mitarbeiterin der Hausverwaltung rief zwei Tage später an und teilte Barbara mit, dass nicht nur die fehlende Genehmigung ein Problem sei. Es hätten sich darüber hinaus Nachbarn beschwert, die sich durch die Aktivitäten ihres Sohnes in dem Objekt belästigt fühlten. Das Fenster des Baumhauses lag auf derselben Höhe wie der Balkon der Familie Stemmlich. Die Stemmlichs hatten berichtet, dass ihnen morgens schon der Marmeladentoast im Hals stecken bleibe, wenn Andreas seinem augenscheinlichen Hobby, dem Onanieren, nachgehe. Sie wüssten nicht, wie sie das ihren kleinen Kindern erklären sollten, die nun permanent nachfragten und heimlich das Haus beobachteten. Und er würde es ja nicht nur morgens machen, sondern den ganzen Tag über, eigentlich ständig. Barbara legte den Hörer auf und rannte zum Baumhaus, als könne sie eine weitere Masturbation in letzter Sekunde verhindern. Sie klopfte sachte. Andreas öffnete ihr strahlend. Barbaras Hals und Gesicht waren von roten Flecken überzogen. Sie wusste nicht, wie sie anfangen sollte, konnte sie doch keines der Worte in den Mund nehmen, welches das Problem beschrieb. So beschloss sie, es die »Sache« zu nennen. Doch mit der »Sache« kam sie nicht weit, Andreas verstand nicht, was ihr Problem war. Erst als sie sagte, die Nachbarn hätten ihn bei der »Sache« gesehen, und ihm auftrug, die »Sache« morgen zu beichten, begriff er, worum es ging. Sie sagte, sie würden von nun an nie wieder darüber sprechen.

Der eine Mann schlug die Bretter mit der Axt klein, der andere sägte. Unten am Boden stand Andreas' karge Baumhauseinrichtung. Barbara brachte den Handwerkern sparsam gebrühten Kaffee. Günther hatte sich geweigert, sein Werk abzureißen, und nun musste sie von ihrem Extra-Putzgeld die Leute bezahlen. Andreas war bleich, er hatte die ganze Nacht über nicht geschlafen. Er wohnte dem Abriss bei, er wollte das so. Tränen flossen aus seinen hellen Augen, seine Nase lief. Barbara wischte sie mit einem der Zewa-Tücher ab und hielt Andreas' Hand. Mantraartig wiederholte er: »Ich bau es wieder auf, wieder aufbauen, einfach wieder aufbauen.«

Barbara ging ins Haus, zog so lange am Kabel des bordeauxroten Tastentelefons, bis sie es im Schlafzimmer hatte, und wählte ganz langsam. Die Nummer war lang, mit zwei Nullen vorne. Bei jeder Zahl überlegte sie aufs Neue, ob sie es tun sollte, doch sie hielt durch, hielt den Hörer ans Ohr und lauschte dem Tuten, das so anders klang. Es gefiel ihr, es war irgendwie fröhlicher, doch dann wurde es plötzlich von einer Stimme unterbrochen, die »Hello« sagte, Marthas Stimme. Barbara erschrak und hängte ein. Noch einmal wählte sie die Nummer, Martha klang nun ein wenig genervt.

»Hello, who is this?«

»Martha, hallo, hier ist deine Mutter.«

»Hi.«

»Ich habe in letzter Zeit oft an dich gedacht und wollte mal fragen, wie es dir so geht.«

»Gut.«

Martha war schrecklich wortkarg. Für diesen Fall hatte Barbara nicht geübt.

Sie ging im Kopf durch, was sie nun von dem, was sie vorbereitet hatte, sagen konnte.

»Ich wollte dich einladen, uns mal zu besuchen, Andreas hat jetzt ein Baumhaus.«

»Also soll ich euch wegen dem Baumhaus …?«

»Nein, nein, das ist gerade abgerissen worden.«

»Aha.«

»Er ist ganz traurig darüber.«

»Ja, schade.«

»Das ist ganz schlimm für ihn. Ist denn dein Leben so weit schön, ja?«

»Ja, ist schön.«

»Gott sei Dank.«

»Jetzt fängst du schon wieder mit Gott an.«

»Das ist jetzt aber ein bisschen kleinlich, das sagen doch alle Leute.«

»Aber bei dir klingt es anders.«

»Jetzt sei doch nicht gleich so aggressiv.«

»Du, Barbara, ich hab jetzt keine Zeit, ich muss grade los. Ein andermal.«

»O. k. Tschüss.«

»O. k. Tschüss.« Barbara hängte ein und sah das Telefon an, als wäre das Gerät an allem schuld. Es kamen keine Tränen aus ihr heraus. Sie steckten fest. Erst in der Nacht perlten sie an ihrem weißen Mikrofaserkissen ab.

Am Morgen räumte Barbara zusammen mit Günther das Speicherabteil aus und stellte Andreas' Baumhausmöbel hinein. Staub tanzte im Lichtstrahl, der durch das klitzekleine Dachfenster fiel. Es roch nach trockenem

Sperrholz und Vanille. Sie legten ein kleines Perserimitat auf den Boden des engen Raumes, und Günther besorgte einen Minifernseher. Er arbeitete lange an dem Antennenkonstrukt aus Draht und alten Antennenteilen, bis er immerhin einen Sender drinhatte. Barbara nagelte ein Kreuz in den rissigen Putz, Andreas räumte seine Kiste Bier rein, jetzt hatte er wieder ein Eigenheim.

Günther und Barbara wechselten beim Einräumen ein paar Worte, Günther mochte das. Es war nichts Wichtiges. Wie man den Teppich hinlegen sollte und ähnliche Dinge. Barbara wirkte weicher an diesem Tag, traurig auch. Günther nahm an, es sei ein guter Moment, mit ihr zu sprechen.

»Weißt du, ich habe seit Langem das Gefühl, dass du zu eng bist mit Gott.«

»Ich habe Martha angerufen.«

»Wirklich? War es gut?«

»Nein, gar nicht. Es war furchtbar.«

Sie schwiegen eine Weile. Günther nahm Barbara in den Arm.

»Und warum hat Gott beschlossen, dass ihr euch nicht versteht?«, fragte er leise.

»Ich weiß es nicht. Er spricht nicht mehr mit mir.«

PRINZESSINNEN-SCHLAF

Seit Monaten lagen Karl und ich weit auseinander, jeder am äußersten Rand seiner Bettseite. Wir taten es nicht bewusst, es geschah einfach über Nacht. Abends legten wir uns nebeneinander, morgens waren wir dann meterweit voneinander entfernt. Selten nur verließ einer von uns seine Seite im Halbschlaf und näherte sich dem anderen an. Und wenn es einer tat, wandte sich der andere meist ab, weil er weiterschlafen wollte.

In meinem Schlaf, in dem ich mich von Karl entfernte, träumte ich wie verrückt. Am Morgen konnte ich mich an jedes Detail erinnern.

Einmal trug ich einen riesigen Bauch vor mir her, wie ich ihn erst ein Mal in Wirklichkeit gesehen habe. Es müssen Drillinge darin gewesen sein. Die Wehen setzten ein. Ich rief Karl an, doch er hatte keine Zeit. Aber ich war in Mexiko-City und hatte keine Ahnung, wo das nächste Krankenhaus war. Karl sagte, dass ich gar nicht in Mexiko-City sein könne, denn dort sei es ja sechs Stunden früher als in Berlin. Wahrscheinlich müsse ich dann auch erst in sechs Stunden das Kind bekommen, wenn überhaupt. Ich lief umher. Auf Mexikos Straßen waren nur Deutsche unterwegs, viele davon Bekannte von uns. Und alle sagten das Gleiche wie Karl. Sie waren der Meinung, ich könne schlicht nicht hier sein, denn hier war es schließlich sechs Stunden früher. Noch einmal rief ich Karl an. Er sagte:

»Vielleicht solltest du mal zum Gynäkologen.«

»Aber ich war doch grade erst da.«

»Ist doch egal«, sagte Karl, »Mach doch noch mal einen Termin und frag ihn, ob er was gegen dein Zeitproblem machen kann.« Ich wollte den Arzt gleich anrufen, aber ich hatte mein Handy in Berlin vergessen und stand jetzt da mit meinem Zeitproblem.

Nervös wachte ich auf und war wütend auf Karl. Er hing fast aus dem Bett und lächelte vor sich hin. Ich betrachtete ihn im Schlaf. Die meisten Menschen haben im Schlaf nach unten gezogene Mundwinkel, sie sehen aus wie beleidigte Prinzessinnen, doch Karl schien immer glücklich, und manchmal dachte ich, er müsste sein ganzes Leben lang schlafen. Ich weckte ihn auf und erzählte ihm von meinem Traum.

»Das war so furchtbar, weil du mich allein gelassen hast. Du hast gesagt, ich hätte ein Zeitproblem, dabei musste ich doch ein Kind zur Welt bringen!«

»Hm, ja, blöd, deine Träume«, murmelte er und schloss die Augen wieder.

»Warum interessiert dich das denn gar nicht?«

»Das sind doch nur Träume«, sagte er. »Kann ich jetzt weiterschlafen?«

Wütend stand ich auf und redete an diesem Tag kein Wort mehr mit ihm. Drei Wochen vor der Traum-Schwangerschaft von Mexiko-City hatte es angefangen. Meistens träumte ich davon, wie Karl sich falsch verhielt. In Mexiko sitzen gelassen zu werden war nur einer von vielen Träumen dieser Art gewesen. Einmal war es mir sogar passiert, dass ich ihm direkt nach dem Aufwachen eine runtergehauen hatte. Tagsüber erschien er mir dann ähnlich fehlerhaft wie im Traum. Karl war einmal wundervoll gewesen. Doch wir stritten uns inzwischen oft. Er machte nur Fehler, und ich machte nur Fehler. Wir waren ein Paar aus Fehlern. Selbst die Art, wie er den Toast mit Butter bestrich, konnte mich verrückt machen. Ich wollte Leidenschaft und Abenteuer und so tun, als wären wir noch nicht dreizehn Jahre zusammen. Er brauchte diese großen Gefühle nicht. Andere sagten mir oft, er sei so schön. Mir fiel nichts Besonderes mehr an ihm auf. Ich war hübsch, wenn auch ein wenig müde für meine fünfunddreißig Jahre. Doch ich hatte einen schönen, schmalen Körper, der weich war und voller blauer Flecken. Seiner hingegen war groß und stark und fest. Unsere Körper waren wie unsere Charaktere. Karl hatte vor nichts Angst, er suchte nach nichts, ihm reichte, was er hatte. Er ließ sich treiben und sorgte sich weder darum, wie die Tage verliefen, noch darum, was die Zukunft brachte. Ich hingegen suchte und fand auch immer etwas, aber es reichte mir nicht, selbst wenn es großartig war. Mein Leben ähnelte einer Couch in einer Ferienwohnung. Ständig saß jemand anderes darauf.

»Wir sollten mal die Wände neu streichen«, schlug ich Karl vor.

»*Wir*, ja?«, sagte er.

»Ja, *wir*.«

»Kannst du bitte mal mit diesem *Wir* aufhören. Du

willst doch eigentlich sagen, dass *ich* die Wände neu streichen soll.«

»Nein, ich mach doch mit.«

»Immer sagst du das so. *Wir* sollten mal den Lichtschalter reparieren. *Wir* sollten mal eine Deckenlampe im Schlafzimmer anbringen. *Wir* sollten mal wieder das Bad putzen. Dabei meinst du immer *du*, also *mich* eben«, sagte er.

»Ach, du kannst mich mal.«

»Ich will mich ja gar nicht mit dir streiten. Es geht mir eben nur auf die Nerven. Sag doch einfach *du*, wenn du *mich* meinst, ja?«

»Ich habe aber *uns* gemeint«, sagte ich und ging den Tränen nahe aus dem Raum. Karl folgte mir nicht, das tat er nie, wenn es eskalierte. Meistens nahm er mich einen Tag darauf in den Arm und machte einen sehr lustigen Witz. Doch in letzter Zeit war mir selbst sein Humor schal erschienen.

In der Nacht darauf träumte ich, dass es ein Erdbeben gab. Ich sagte im Traum zu Karl, dass *wir* aufstehen und raus auf die Straße mussten. Er ärgerte sich über mein *Wir*, blieb liegen und starb in den Trümmern des in sich zusammenfallenden Berliner Mietshauses, das auf einmal in Thailand stand.

Der Verlust hing mir noch nach, als ich aufwachte. Ich legte mich an Karls Rücken, einen Arm über seinen Brustkorb, meinen Kopf an seinem Hals. Ich überlegte, ob ich eine Annäherung versuchen sollte, aber ich wusste nicht, wie. Ich wäre mir dabei blöd vorgekommen, denn es war so lange her, dass wir das letzte Mal miteinander geschlafen hatten, dass es auf eine seltsame Art zu wichtig geworden war, um nur irgendwie damit anzufangen. Ich hatte auch Angst, er könne mich abweisen. Trotzdem legte ich mich noch enger an ihn, um seine Wärme zu spüren. Fast unmerklich bewegte er sich ein Stück von mir weg. Ich rückte ein Stück nach, hielt ihn fest. Da drehte er sich auf den Bauch und sagte leise: »Nicht jetzt, bitte.«

Wir sprachen immer weniger miteinander und stritten so auch weniger. Je stiller es zwischen uns wurde, desto seltener kamen die Träume, in denen er sich falsch verhielt. Ich träumte jetzt oft von Sex mit anderen Menschen, nie mit Karl. Ich träumte von Fußballern, von Schauspielerinnen, von Versicherungsvertretern, Talkmastern und Beamten, sogar mit Cameron Diaz und Thorsten Frings hatte ich eine Affäre.

Und dann kam Wladimir Putin. Ich kann mich noch gut daran erinnern, tagsüber etwas über ihn in der Zeitung gelesen und darüber nachgedacht zu haben, dass er wahrscheinlich eine Erfindung war, dass er zu böse war, um echt zu sein. Doch Putin und ich küssten uns und wurden daraufhin vom KGB verfolgt. Wir mussten durch dunkle Straßen laufen und geheime Ecken finden, hinter denen wir rummachen konnten. Er war nicht besonders zärtlich, aber dafür habe ich ein Faible. Er sagte Dinge wie »Maxcovskaje lubzki« und ich verstand ihn nicht, aber das war ganz egal. Die Straßen waren schwarz-weiß, es gab kleine Brücken und perfekt gerichtete Lichtkegel, die wir ab und an streiften, um wieder eine gute Ecke zum Fummeln zu finden. Doch wir wurden ständig unterbrochen, weil schon wieder einer der Männer vom KGB mit Hut und Trenchcoat mit Puffärmeln um die Ecke kam, begleitet von der Melodie aus

Der dritte Mann. Ich hätte diese Männer am liebsten an-
geschrien, dass ich jetzt endlich mit Putin zu Ende machen will, aber ich hatte keine Zeit, ich musste ja flüch-
ten.

Ich wachte sogar kurz auf wegen des KGB, träumte
dann aber gleich weiter. Nun wurde es gefährlich, denn
Putin zitierte die Männer zu sich und rief so etwas wie:
»Hrztawatzkaya, rastivovje«, was sehr bedrohlich klang.
Also sprang ich in den Bach unter der kleinen Brücke
und schwamm um mein Leben. Danach sagte man mir,
dass ich recht daran getan hatte, weil Putin alle Frauen
umbringen lässt, mit denen er Sex gehabt hat.

Als ich am Morgen aufwachte, fühlte ich mich schuldig. Obwohl wir es nicht zu Ende gebracht hatten,
hatte ich das Gefühl, Karl betrogen zu haben. Anderer-
seits hatte er es auch verdient. Denn auf eine seltsame
Art und Weise war ich in Wladimir Putin verliebt, und
daran war Karl nicht unschuldig in seinem Gleichmut.
Es war aufregend gewesen mit Putin, und ich schwebte
in sonniger Ausgeglichenheit durch den Tag. Erst gegen
Abend, als der starke Eindruck des Traums sich ver-
flüchtigte, wurde mir klar, dass das schöne Gefühl sich
bald in nichts aufgelöst haben würde, wie die kurzen
Lieben der Kindheit, wie ein Stück Zucker in heißem
Minztee.

In der nächsten Nacht begegnete mir ein alter Freund,
den ich fast ein Jahr lang nicht gesehen hatte. Wir ver-
suchten, miteinander zu schlafen, doch immer wieder
sagte mir mein Gewissen, dass ich es nicht tun durfte,
dass die Sache mit Putin schon ein Fehler gewesen war.
Als ich aufwachte, war ich mir wiederum sicher, dass es
die falsche Entscheidung gewesen war, nicht mit mei-

nem alten Freund Daniel zu schlafen. Ich ärgerte mich über die verpasste Gelegenheit. Ich erinnerte mich an Momente mit ihm, wir hatten einmal für eine Weile zusammengewohnt. Mir fiel ein, dass er hübsch war. Zwar nicht der Typ Mann, den ich gesucht hatte, dafür war er zu bieder, aber doch hübsch und klug, und vor allem hatte er mich verehrt. Ich erinnerte mich gern an das Gefühl, in einer Wohnung zu leben, in der man bewundert wurde, wenn man sich einen Kaffee machte, fernsah, telefonierte oder staubsaugte. Ich schickte Daniel eine SMS. »Heute von dir geträumt.«

Kaum eine Stunde später rief er mich an, auch er hatte von mir geträumt. »Ich lag auf dir und habe dich gefragt, ob wir jetzt endlich miteinander schlafen.« Ich war erschrocken und glücklich, als er das sagte, und ebenso aufgeregt wie er, der nicht an diesen Zufall glauben konnte. Ich fand ihn sexy wie nie zuvor. Ein Mann mit Ralph-Lauren-Polo-Pferdchen war auf einmal alles, was ich mir wünschte. Ich kroch unter den Bürotisch und setzte mich in die hinterste Ecke an die Wand.

»Das ist unfassbar, wie kommt denn das auf einmal?«, fragte er.

»Ich weiß auch nicht.«

»Ich glaube, ich habe gestern an dich gedacht, wie du immer alles überall herumliegen hast lassen und ich immer deine Sachen einsammeln musste. Und wie du immer am Esstisch saßt, mit angezogenen Knien und drei Teller Nudeln gegessen hast.«

»Hmm. Ja.«

»Ich war damals so verliebt in dich, und du hast es nicht mal gemerkt. Immer wenn du deine Haare gefärbt hast, hab ich dir zugeschaut.« Er klang begeistert, wie er oft auf eine beinahe naive Art und Weise begeistert gewesen war. Wenn ihm etwas gefiel, drehte er fast durch. Wenn ihm etwas nicht gefiel, ebenso. Entweder waren die Dinge fantastisch oder sie waren entsetzlich. Ich weiß nicht, ob das Leidenschaft war oder doch nur eine sehr ausgeprägte Haltung zu den Dingen.

»Ich hätte wirklich so gerne mit dir geschlafen. Dauernd. Ich verstehe auch gar nicht, warum ich es nie versucht habe«, sagte er.

»Was ist denn in deinem Traum noch passiert?«, fragte ich.

»Na, wir haben eben miteinander geschlafen. Das war schön und sehr lang.«

»Ich habe aber nicht mit dir geschlafen, ich habe einen Mann. Ich würde das nie tun!«, antwortete ich, obwohl es mich schon interessiert hätte, wie er auf mir gelegen hatte, und wo.

»Und wie geht's dir sonst?«, fragte er.

»Wie läuft's in deinem Büro?«, antwortete ich.

Ich hatte das Gespräch kaputt gemacht, was mich deprimierte, immerhin hatten Daniel und ich eine gemeinsame Nacht hinter uns. Ich blieb noch für eine Weile unter dem Tisch sitzen und dachte darüber nach, dass ich mich nun vielleicht wirklich in ihn verliebt hatte.

Aber Daniel hatte jetzt eine neue Freundin, von der er mir schon einmal erzählt hatte. Er hatte gesagt, er würde sie wirklich lieben. Endlich würde er wieder jemanden lieben. Als er das sagte, klang es vorwurfsvoll. Es war bestimmt besser für ihn und auch besser für mich, denn wir hatten nicht zueinander gepasst, nicht so wie Karl und ich, die wir lange Zeit wie füreinander geschaffen schienen. Als ich Karl kennenlernte, dauerte es eine Weile, beinahe zu lang, bis ich erkannte, dass er das war, was mir fehlte. Aber bald wurde ich so wie er, und er wurde ein bisschen wie ich. Als wäre ich vorher einfach nicht richtig gewesen und hätte mich erst entfaltet, als ich ihm begegnete. Wir lachten über dieselben Dinge, wir erwarteten von einem Teller Nudeln, einem Schuh oder einer Fernreise das Gleiche. Seine tiefe Ruhe entspannte mich, bis alles abgenutzt war. Unsere Körper, unsere Gespräche, unser Lachen und sogar die Gleichheit unserer Gedanken.

Ich träumte jetzt jede Nacht denselben Traum mit Daniel, und nie führten wir es zu Ende. Einmal lag er schon auf mir, doch ich musste auf einmal dringend weg. Ich ärgerte mich fürchterlich: Wo bitte musste ich denn so unbedingt hin, dass es nicht warten konnte? Ein andermal besuchte ich Daniel am Nachmittag. Ich stand in seinem nüchternen Wohnzimmer, er hatte, wie die meisten Männer, nie ein Gefühl für Räume gehabt. Auch etwas, was ihn von Karl unterschied, der sicher war in seinem Geschmack. Vor den Fenstern lärmten die Autos auf der sechsspurigen Straße durch den öden, milchigen Nachmittag. Ihr lautes Rauschen war ungemütlich und kalt, die Glühlampe, die auf dem Ikea-Schreibtisch leuchtete, biss sich mit der Farbe des Tages. Ich fühlte mich wie in einem Wartezimmer. Wir begrüßten uns verlegen, als hätten wir bereits einen Fehler begangen. Er trug ein rosafarbenes Hemd, beige Hosen und war barfuß.

»Können wir jetzt bitte endlich miteinander schlafen?«, fragte ich. Er dachte kurz nach, dann sagte er: »Ja, o. k., gut. Sonst hätte ich ja auch nicht nach Hause kommen müssen.« Er küsste mich so hastig, als ob er es allein mit der Geschwindigkeit wieder ungeschehen machen könnte. Wir kannten unsere Küsse, wir waren beide sehr gut im Küssen. Er hatte mir einmal gesagt, dass es mit mir das Beste sei, weil mein Mund so entspannt ist. Ich hatte das Gefühl, ich müsse mich beeilen, wer wusste schon, was sich uns wieder in den Weg stellen konnte. Ich zog mich hektisch bis auf die Strumpfhose aus und stand da mit hängenden Armen im halbleeren Raum.

Daniel sah mich ernst an und begann damit, sich das Hemd aufzuknöpfen, aber ich wollte, dass er beim Sex genauso blieb, wie er jetzt war, genauso, wie ich immer von ihm geträumt hatte. Vielleicht hatte ich sogar Angst davor, ihn ohne Hemd zu sehen. Er begann, mir die Strumpfhose auszuziehen, aber ich wollte sie nicht ganz ausziehen, die Sache sollte etwas Unromantisches, Spontanes haben.

»Wir müssen uns beeilen«, sagte er leise und das war mir sehr recht. Er legte mich auf die Couch, bewegte meine Beine nach oben und drang in mich ein, als ich plötzlich panisch wurde. Vielleicht würde ich gleich wieder wegen irgendetwas wegmüssen oder aufwachen oder ich wäre auf einmal wieder angezogen. Doch nichts dergleichen geschah. Es war schlicht und mechanisch, es war nicht mal mehr wichtig, was er tat, denn meine Gedanken waren wichtiger als er.

Als ich am nächsten Morgen neben Karl aufwachte, lag die Schuld auf mir wie ein großer, alter Schrank. Der Druck auf meinem Brustkorb machte mir das Atmen schwer. Ich sah Karl an, und es schien mir, als wäre sein schlafendes Gesicht nicht mehr so fröhlich wie früher.

Sein Ausdruck näherte sich dem einer beleidigten Prinzessin. Als ich ihn dabei beobachtete, wie er gleichmäßig Luft ausstieß und einsog, und dabei der war, den ich einmal gekannt hatte, weinte ich. Ich wünschte mir, dass wir uns endlich wieder berührten und bemitleidete ihn dafür, dass ich nicht mehr die Richtige für ihn war – oder er nicht der Richtige für mich.

Ich wünschte mir, von ihm zu träumen. Ich hatte schließlich auch von Wladimir Putin geträumt und war mit Barack Obama in Urlaub gefahren. Aber meine Träume wurden immer belangloser. Nach einer Weile konnte ich mich nur noch vage an sie erinnern. Es war, als hätte ich die Träume zerstört, weil ich sie nicht hatte Traum sein lassen.

Ich saß jetzt oft an meinem Schreibtisch im Büro, tat so, als würde ich E-Mails schreiben, wobei ich nur »jhalfkjgnvpudsihvb« tippte, und dachte mir Geschichten aus, in die ich mich hineinsteigerte. Von Mal zu Mal gelang es mir besser. In meinen Tagträumen stellte ich mir alle möglichen Dinge vor: eine tolle Frisur, ein Gespräch mit Bob Dylan, und Karl und mich, wie wir anders zueinander waren. Wir waren nicht unbedingt netter, aber neuer miteinander. Wir taten Dinge, die wir nie getan hatten, und diese Dinge waren wunderbar. Und sie hatten immer eine Abschlussszene.

Karl musste sich nur auch etwas vorstellen können, dann würde es vielleicht funktionieren. Vielleicht auch nur ein einziges Mal, aber dann wäre es wenigstens das letzte Mal. Am Abend legte ich ihm einen Zettel auf das Kopfkissen, dann legte ich mich schlafen:

Lieber Karl,

ich vermisse Dich. Weck mich nicht, wenn Du diesen Zettel liest. Mach irgendwas, was wir noch nie gemacht haben. Irgendetwas, was überhaupt nicht zu uns passt. Sing mir ein Lied, während Du mit mir schläfst oder leg mich auf den Teppich.

Es ist nicht schlimm, wenn Du heute nicht möchtest, es ist schon schön, mir vorzustellen, dass Du diesen Zettel liest und es irgendwann tust.

Vielleicht könnten wir ja so wieder anfangen.

DROSOPHILA

Kleine, schwarze Punkte bewegen sich auf und ab, als würden sie durch Luftschichten fallen und wieder von diesen emporgehoben. Die Punkte kreisen nicht, sie steigen und sinken. Früher konnte ich Fruchtfliegen nicht ausstehen, aber seit ich weiß, dass sie manchmal deprimiert sind, mag ich sie. Ich habe einen Artikel darüber gelesen, dass die Fruchtfliegen mit ihrem winzigen Gehirn Menschen ähnlich sind. Sie verfallen in Lethargie, wenn sie frustriert sind. Wie Menschen, die denken, dass sie ihr Leben nicht mehr ändern können. Wenn es schlecht läuft, bekommen Fruchtfliegen sogar Depressionen. Wenn man ihnen aber Antidepressiva gibt, kommen sie wieder gut drauf, haben die Wissenschaftler herausgefunden.

Ich sehe auf meine Obstschale, über der sie jetzt kreisen, wild und aufgeregt, als wüssten sie, dass ich ihnen ihre Nahrung wegnehmen will. Ich bin mir unsicher, ob ich das Obst in mein Porridge schneiden soll, sie wären sicher deprimiert deswegen. Außerdem habe ich keinen Hunger. Ich denke aber, dass ich etwas essen sollte. Es wäre gut für mich.

Ich muss mir nur erst die Zähne putzen, mein Mund schmeckt nach Schlaf. Aber Zähne putzen ist schwierig. Egal, wie akkurat ich schrubbe, ich denke beim Zähneputzen immer nach. Ich denke daran, dass ich beim Duschen noch mehr Zeit zum Nachdenken haben werde. Früher habe ich gerne geduscht, in letzter Zeit ist es nicht leicht.

Ich verschiebe die Entscheidung über das Duschen und setze mich auf die Toilette. Ich will die Zeitschrift nehmen, die normalerweise auf dem kleinen Hocker daneben liegt. Seit fünf Monaten die Gleiche, ich bin nicht dazu gekommen, sie auszutauschen. Aber sie ist nicht da, wo sie immer ist. Ich gucke mich um, suche nach etwas, das ich stattdessen lesen könnte. Irgendetwas, egal, was, ich muss jetzt unbedingt lesen. Ich nehme mir die Handcremetube und freue mich über den langen Text, den sie auf die Rückseite gedruckt haben. »Die Handcreme mit der Vierfachwirkung für geschmeidige Haut spendet lang anhaltende Feuchtigkeit. Vor der Arbeit schützt sie die Haut. Nach der Arbeit versorgt sie die Haut!« Ich denke darüber nach, dass es nur auf Handcremetuben und in der *Bild*-Zeitung Ausrufezeichen gibt. Aber es freut mich, dass der Text länger ist als bei den meisten Shampoos und Toilettenreinigern. Ich studiere jeden einzelnen Buchstaben, den ich auf der Tube finden kann: »Aqua (Water), Glycerin, Hydrogenated Palm Glycerides, Cetearyl Alcohol, Ethylhexyl, Petrolatum, Dimethicone, Sodium Hydroxide, Hexyl Cinnamal, Propylene Glycol, Carbomer, Parfum (Fragrance).« Ich bin fertig und habe anstatt über das Duschen darüber nachgedacht, was wohl Hexyl Cinnamal ist. Das ist ein gutes Zeichen. Ich gehe wieder in die Küche, um erst einmal einen Kaffee zu trinken und eine Zigarette zu rauchen. Wahrscheinlich werde ich irgendwann an Lungenkrebs sterben, vielleicht sogar bald. Ich rauche ja schon so lange. Ein Bekannter hat mir von einer Bekannten erzählt, die schon mit vierzig Jahren dem Lungenkrebs erlegen ist. Es sei nicht schön, so zu sterben, hat er gesagt. Wenn ich wieder Geld habe, dann gehe ich zur Anti-Rauch-Akupunktur, und jetzt trinke ich erst mal einen Kaffee und rauche eine Zigarette und danach esse ich, egal, ob ich Hunger habe oder nicht. Oder ich esse doch besser zuerst.

Ich gehe wieder zur Obstschale und betrachte die schwarzen Pünktchen. Sie wirken nervös. Ich sehe ihnen eine Weile zu. Fruchtfliegenweibchen legen vierhundert Eier auf einmal, aus denen einen Tag später schon die Larvenkinder schlüpfen, die sich auch sofort über Obst und Verfaultes hermachen. Es wäre wahrscheinlich besser, wenn ich ihnen die Nahrung wegnähme. Ich greife nach der Banane. Sie fliegen wild umher, ihre Flugbahnen haben etwas Verärgertes. Ich lege ihnen als Ersatz einen alten Apfel obenauf.

Nachdem ich das Porridge gegessen habe, stehe ich vor der Dusche, ziehe mich aus und betrachte den Duschkopf. Ich will immer noch nicht duschen. Warum muss man überhaupt duschen. Ständig dieses Duschen und Zähneputzen, immer diese Gleichförmigkeit. Manchmal will ich gar nicht ins Bett, weil ich weiß, dass ich davor schon wieder Zähneputzen und mir das Gesicht waschen muss. Manchmal schlafe ich deshalb auch auf der Couch ein. Aber es nutzt ja nichts, gegen das Duschen und Zähneputzen zu sein. Man wäre ja einfach nur dreckig oder muffig oder hätte Belag auf den Zähnen. Mein Herz schlägt auf einmal schneller und lauter, ich kann es hören, und es kribbelt in meinen Armen. Also atme ich tief ein und direkt wieder aus.

Genau so, wie ich es von Frau Dr. Graf gelernt habe. Ich gehe schnell ins Wohnzimmer, mache laute Musik an, hüpfe und schüttle mich. Das fühlt sich gut an. Ich denke, wenn ich Gefallen an etwas finde, geht es mir doch gar nicht schlecht. Theoretisch aber könnte es mir natürlich jederzeit wieder schlechter gehen. Ich sollte jetzt aufhören zu denken. Frau Dr. Graf sagt das immer so einfach: »Hören Sie auf zu denken. Und hören Sie auf, immer jemand anders sein zu wollen, Sie sind Sie, und Sie werden es auch immer bleiben.« Und genau das ist ja das Problem, weil ich denke, wenn ich *ich* bleibe, bleibt auch die Angst.

Dabei ist das alles nur die Schuld meiner Amygdala. Einem Ort in meinem Gehirn, der aussieht wie ein Mandelkern und für die Angst zuständig ist. Frau Dr. Graf sagt, meine Amygdala feuert zu viel, sie sei wie ein kleiner Krieger. Ich denke, meine Amygdala ist eine Mimose, weil sie sich so schnell aufregt. Wenn meine Amygdala sich provoziert fühlt, gibt es eine Art Feuerwerk von Nervenentladungen. Dann werden Neurotransmitter freigesetzt. Woanders in meinem Gehirn werden dann Stresshormone ausgeschüttet, und das sympathische Nervensystem wird aktiviert. Das menschliche Gehirn ist das komplexeste Gebilde der Welt, wir haben ungefähr Hundert Milliarden Neuronen in unserem Kopf. Ich stelle mir immer eine Art Volksfest dort vor, oder eine Massendemonstration, einen Karneval. Aber wahrscheinlich ist nicht in jedem Gehirn so viel los wie in meinem.

Ich denke an die Frau, dcren Amygdala kaputt ist. Ich habe neulich über sie gelesen und beneide sie sehr. Die Wissenschaftler nennen sie GL. Sie haben die GL in eine Zoohandlung geschickt, wo sie entspannt und ganz neugierig Spinnen und Schlangen gestreichelt hat, vor denen sie früher, als ihre Amygdala noch in Ordnung war, große Angst hatte. Sie haben sie in eine Art Geisterbahn gesetzt. Jeder um sie herum hat geschrien, nur sie hat die Fahrt genossen, anstatt sich zu erschrecken. Entsetzliche Horrorfilme haben sie ihr gezeigt, aber sie hat noch nicht einmal mit der Wimper gezuckt. Es gibt nichts, wovor sie sich fürchtet. Alles andere in ihrem Gehirn ist normal. Sie kann sich freuen, wütend sein und auch traurig. Ich stelle mir vor, was ich alles machen würde, wäre meine Amygdala erst einmal zersetzt. Ich würde Wasserski fahren und fliegen, ganz weit weg, ich würde Auto fahren, vielleicht durch ganz Europa. Ich würde tanzen gehen und viel essen, wenn meine Amygdala kaputt wäre. Auch wenn die Wissenschaftler behaupten, Angst sei wichtig fürs Überleben, weil sie uns Gefahren vermeiden lässt, und dass es an ein Wunder grenzt, dass die Frau mit der kaputten Amygdala noch lebt, wäre ich meine auch gerne los.

Ich sehe noch einmal den kalkigen Duschkopf an und entscheide mich gegen das Duschen. Ich ziehe mich an und freue mich darüber, dass ich so dünn bin. Sobald ich viel nachdenke, habe ich keinen Hunger mehr. Es macht mich schön und besonders, dass ich psychische Probleme habe. Ein bisschen so wie Sylvia Plath. Frau Dr. Graf sagt mir oft, dass sie viele Patienten hat, die Kunst machen. Und man muss ja nur an van Gogh denken, an Virginia Woolf oder die vielen Stars: Janis Joplin, Jim Morrison, Michael Jackson oder Heath Ledger. Michael Jackson zum Beispiel hat die gleichen Tabletten genommen wie ich bis vor Kurzem. Und neulich habe ich erst in der *Gala* gelesen, dass auch Uma Thurman schon mal depressiv war. Es beruhigt mich, wenn Stars psychische Probleme haben.

Leider mache ich beruflich keine Kunst, aber ich bin mir sicher, dass ich das ändern könnte. Ich habe nur noch nicht herausgefunden, welche Form der Kunst mir liegt. Letzte Woche habe ich mir eine Staffelei und Ölfarben gekauft und ein Bild gemalt. Ich wollte etwas Ähnliches malen wie Francis Bacon, weil es ihm anscheinend gutgetan hat, diese Bilder zu malen. Meine Mutter sagte, mein Bild sei zu dunkel geraten, sie würde es sich nicht ins Wohnzimmer hängen. Nun weiß ich nicht, ob ich noch einmal versuchen soll, so ein Bild zu malen oder ob ich doch besser etwas anderes ausprobiere. Es gibt ja noch so viele Möglichkeiten. Ich könnte fotografieren, tanzen, Kinderkleider nähen, Theaterstücke schreiben oder Postkarten entwerfen mit Sätzen drauf, die einem im Leben helfen. Ich wünsche mir, dass Frau Dr. Graf mir sagt, was ich tun soll. Doch sie gibt nur Anregungen. »Es könnte gut für Sie sein, wenn Sie versuchen, sich einmal anders auszudrücken.« Aber man kann sich doch durch fast alles »anders ausdrücken«, es muss ja einen Unterschied machen, ob ich nun tanze oder Postkarten entwerfe, auf denen Sätze stehen, die einem im Leben helfen.

Kunst zu machen wäre überhaupt eine gute Art, Zeit zu vernichten. Ich habe in meiner Wohnung schon so oft alles umgeordnet, ich habe keine Lust mehr darauf. Frau Dr. Graf sagt immer, ich soll mich ablenken, wenn ich zu viel denke, zum Beispiel, irgendetwas in der Wohnung machen. Letzte Woche habe ich meine Bücher viermal nach Farben sortiert und wieder umsortiert. Ich habe sogar Regenbogen mit Büchern gebaut. Jetzt sind sie wieder alphabetisch geordnet.

Ich muss jetzt raus, ich habe mich verabredet, als für heute noch Regen vorhergesagt war. Doch auf einmal strahlt die Sonne hell vom wolkenlosen Himmel. Draußen wird mich das Licht blenden, und alle anderen dort werden normal sein. Wenn alle auf der Straße ein psychisches Problem hätten, würde es mir bestimmt besser gehen. Ich würde zum Beispiel an der Haltestelle stehen und sehen, wie jemand weint, weil er die Tram verpasst hat. Dann würde ich denken: »Oje, dem geht es schlechter als mir.« Oder eine agoraphobische Frau würde sich nicht in die Tram trauen und ich würde ihr helfen, einzusteigen. Es gäbe vielleicht auch Menschen mit Phobien oder Zwangsstörungen. Die würden dann zum Beispiel den Sitz ganz lange wischen, bevor sie sich draufsetzen.

Aber ein einziger Freund mit psychischen Problemen würde mir auch schon guttun. Manchmal stelle ich mir vor, wie ich jemanden kennenlerne, dem es ganz genauso geht wie mir. Wie wir zusammenwohnen und einander verstehen und wie es uns jeden Tag besser geht, weil wir so viel damit zu tun haben, dem anderen zu helfen, dass wir uns selbst vergessen. Ich glaube, das Unglück eines anderen kann einen glücklich machen.

Ich habe auch schon oft darüber nachgedacht, dass ich einmal in ein Land reisen sollte, in dem es den Menschen nicht so gut geht. Es gäbe so viele Möglichkeiten; Afrika, Nordkorea oder China. Ich traue mich aber nicht, in so ein Land zu fahren.

Meine Mutter sagt immer: »Schau dir mal die Nach-

richten an, dann siehst du, was wirklich schlimm ist.«
Doch das funktioniert bei mir nicht. Die Menschen
dort haben vielleicht Hunger, aber ich habe Angst, und
Angst ist nicht besser als Hunger. Frau Dr. Graf hat mir
einmal gesagt, dass nach der Definition eines berühmten
Arztes Depression und Angststörung das Schlimmste
ist, was einem Menschen widerfahren kann. Und sie hat
nicht gesagt: Hunger. Und das ist ja mein Problem. Ich
habe eigentlich keine Probleme.

Ich gehe hinaus auf die Straße. Die Sonne scheint zu lachen: »Freu dich, es ist ein schöner Tag! Alle Menschen
außer dir baden heute und gehen ihren Hobbys nach.«
Sonne setzt mich unter Druck. Regen ist besser, wenn
auch ein wenig traurig. Winter ist gut bis Weihnachten.
Frühling und Herbst sind die besten Jahreszeiten. Wobei ich im Herbst schon oft über den Januar nachdenken
muss, der noch viel schlimmer ist als der Sommer. Und
im Januar an den Februar und im März an den anstren-
genden Sommer.

Aber ich muss mich damit abfinden, dass jetzt eben
Sommer ist. Ich kneife die Augen zusammen, weil ich
keine Sonnenbrille tragen kann. Sie gibt mir das Gefühl,
nicht klar zu sehen. Wenn mein Blick nicht klar ist, was
auch bei sehr teuren Sonnenbrillen der Fall ist, entfremde
ich mich von der Welt und sie sich von mir. Ich sollte heute versuchen, viel im Schatten zu laufen. Wobei ich dann
wahrscheinlich wieder die Menschen beobachte, die in
der Sonne gehen. Ich ärgere mich, dass mir alles auffällt,
kein noch so kleines, sinnloses Detail entgeht mir.

Neulich habe ich gelesen, dass sich bei schlecht gelaunten Menschen Details besser ins Gedächtnis einprä-

gen als bei gut gelaunten. Dass sie sogar besser denken können. Ein australischer Wissenschaftler hat Versuchspersonen einen inszenierten Handtaschenraub miterleben lassen. Die Augenzeugenberichte der übellaunigen Versuchsteilnehmer waren viel genauer als die der glücklichen. Und sie haben sogar herausgefunden, dass schlecht gelaunte Menschen besser argumentieren können als glückliche.

Ich frage mich seitdem, ob ich schlecht gelaunt bin, weil ich Angst habe oder ob ich Angst habe, weil ich schlecht gelaunt bin, und deshalb genauer hinsehe. Nur am Abend fällt mir fast nichts auf. Wenn es dunkel ist, verstehe ich überhaupt nicht mehr, was mich tagsüber gequält hat. Ich bin dann, wie ich vor zwei Jahren noch war. Doch irgendwann kommt immer der Morgen. Am schwierigsten ist für mich der Mittag, ich weiß nicht, warum, denn dann habe ich ja schon den halben Tag hinter mich gebracht. Aber natürlich habe ich die andere Hälfte noch vor mir. Wahrscheinlich wäre Winter in Norwegen ideal für mich. Bestimmt würde ich in mir ruhen, wenn es nie richtig hell würde.

Je näher ich dem Café komme, in dem ich mit Viktor verabredet bin, desto unangenehmer erscheint mir die Vorstellung, gleich ein Gespräch führen zu müssen. Obwohl Viktor ein so guter, alter Freund ist. Ich ärgere mich darüber, dass ich mich nicht darauf freue. Alle haben Spaß daran, Zeit mit Freunden zu verbringen und therapeutisch gesehen ist eine Verabredung eine gute Form der Umlenkung meiner Gedanken. Ich habe dann die Möglichkeit, mich auf den anderen zu konzentrieren.

Wir setzen uns in die Sonne, weil Viktor das so möchte. Ich möchte nicht kompliziert erscheinen und sage deshalb nichts. Ich halte mir die Hand wie einen Schirm über die Augen und frage Viktor, wie es ihm geht, höre aber nicht zu, als er antwortet. Ich muss alle zehn Sekunden kontrollieren, wie es mir geht.

»Das ist doch toll«, höre ich mich nach einer Weile sagen, dabei weiß ich gar nicht, was toll ist. Er sieht mich ein bisschen komisch an, ich hoffe, er hat mir gerade nichts Trauriges aus seinem Leben erzählt. Ein paar Worte habe ich ja mitbekommen und das machte mir alles in allem einen harmlosen Eindruck.

»Na ja, so toll ist es auch nicht, aber schon nicht schlecht«, sagt er, Gott sei Dank, mit einem stolzen Lächeln. Irgendwie würde ich jetzt gerne wissen, was in seinem Leben gerade so Tolles passiert ist, aber jetzt kann ich ihn ja nicht mehr fragen. Ich würde mich generell gerne dafür interessieren, was andere Menschen machen und wie es ihnen geht.

»Ja, aber schon nicht schlecht, oder?«, wiederhole ich seine Worte, um zu untermauern, dass ich ganz bei der Sache bin.

»Ja, ganz gut eigentlich.«

»Toll. Das freut mich.«

»Aber nächste Woche …« Ich blicke ihn aufmerksam an, sehe ihn nicht und denke darüber nach, dass ich vielleicht nie wieder erfahren werde, was im Leben der anderen geschieht.

Ich überlege, ob ich nicht doch wieder eine Michael-Jackson-Tablette nehmen soll. Ich möchte es aber so gerne ohne sie schaffen. Sonst denke ich wieder, ich bin auf dem absteigenden Ast und fast so fertig, wie Michael Jackson es am Ende war.

»Ja, das ist blöd«, höre ich mich sagen, denn ich habe aus ein paar Wortfetzen und Viktors Gesichtsausdruck geschlossen, dass er gerade über etwas gesprochen hat, was problematisch für ihn ist und dass er auf eine Antwort wartet.

»Warum blöd?«, fragt er.

»Ach, dann hab ich das jetzt falsch verstanden, entschuldige.«

»Geht es dir wieder schlechter?«

»Nein, eigentlich ist alles in Ordnung. Ich war nur kurz in Gedanken.«

Viktor sieht mir in die Augen, legt seine Hand auf meine. Ich bin ihm dankbar für die Mühe, die er sich mit mir gibt. Aber eigentlich weiß ich, dass er sich schon seit langer Zeit mit mir langweilt. Ich werde ein wenig traurig, es ist nicht schön für mich, anderen Leuten ihren Tag zu vermiesen. Ich sehe Viktor an, er sagt gerade nichts, sondern schiebt sich mit der freien Hand ein wenig Rührei in den Mund.

Ich denke darüber nach, dass ich beim Lesen der Handcremetube glücklicher war als bei diesem Treffen. Aber ich kann ja nicht den ganzen Tag Produktinformationen lesen. Trotzdem sage ich Viktor, dass es mir doch nicht so gut geht, er mein Rührei essen soll, und gehe.

Nach ein paar Hundert Metern denke ich, dass es ein Fehler war, zu gehen, denn nun bleiben mir noch mehrere ungefüllte Stunden, bis es dunkel wird. Wobei die Dämmerung schon der Anfang meines Glücks ist. Manchmal bereits das Nachmittagslicht, es kündigt ja den Abend an.

Für den Anfang laufe ich ein paarmal um den Platz vor dem Haus, in dem ich wohne. Ich habe das Gefühl, die

Leute gucken schon komisch. Obwohl es den Menschen hier in der Großstadt eigentlich egal sein müsste, dass ich im Kreis laufe. Ich aber fände mich komisch, wenn ich mich sehen würde, wie ich mit Handtasche und Pumps wieder und wieder um den kleinen Platz haste.

Wenn ich eine kaputte Amygdala hätte, so wie die GL, dann wäre ich jetzt wahrscheinlich in Indien. Oder ich würde Burger essen und hätte Sex am Mittag und am Morgen. Wahrscheinlich hätte ich ein sehr aufregendes Leben.

Ich gehe in den Drogeriemarkt und lese einige Produktinformationen auf Waschmittelpackungen, Haarfärbemitteln und Duschgels. Das tut gut, aber nach der zehnten Packung komme ich mir beobachtet vor und werde nervös. Nach Hause kann ich allerdings noch nicht. Mein Puls ist auf einmal sichtbar, meine Hände zittern und ich sorge mich, dass jemand sieht, was gerade mit mir passiert. Ich gehe raus und rufe Frau Dr. Graf an. Sie hat eigentlich gar keine Zeit, aber ich sage, dass das jetzt ein Notfall ist und sie mich nicht im Stich lassen kann. Ich erzähle ihr von meinen Gedanken, die schneller kreisen als die Fruchtfliegen über der Obstschale. Sie wägt alle Möglichkeiten ab und empfiehlt mir, eine Michael-Jackson-Tablette zu nehmen. Aber das will ich nicht. Als sie sagt, dass ich sonst vielleicht nicht allein aus der Gedankenspirale rausfinde, fängt es an. Es kribbelt in meinem Körper, überall, ich bekomme kaum Luft, alles ist surreal, ich bin ein Marsmensch. Frau Dr. Graf sagt: »Atmen, atmen, vergessen Sie das Atmen nicht. Atmen Sie es weg. Es sind nur Ihre Gedanken. Ihr Körper denkt, er ist in Gefahr. Ist er aber nicht. Es geht Ihnen gut, Sie stehen auf einem sonnigen Platz und telefonieren mit mir. Ihnen kann nichts passieren. Es ist nur Ihre Amygdala, die feuert. Sehen Sie sich um, nehmen Sie die Geräusche in der Umgebung wahr. Niemand findet Sie seltsam, nur Sie sich selbst. Bewegen Sie sich.«

Ich tue, was sie sagt, und es hört bald auf. Ich bedanke mich bei ihr und frage, ob man das über die Kasse regeln kann oder ob ich das jetzt privat zahlen muss. Ich weiß nun, dass mir nichts passieren kann. Ich stecke das Handy ein, sehe auf die Uhr, ein bisschen muss ich noch durchhalten. Ich weiß nicht, was ich nun machen soll. Ich habe doch wieder Angst. Ich überlege, ob ich Frau Dr. Graf noch mal anrufen kann oder ob sie dann ausflippt.

Dann fällt ein rötlicher Lichtstrahl durch die Bäume. Fast erlöst gehe ich nach Hause. Über der Obstschale flirren noch immer die Fruchtfliegen, sie wirken wieder aufgeregt, scheinen beinahe durch die Luft zu hüpfen. Als würden sie sich freuen, dass ich zurück bin.

Ich mache mir eine Flasche Wein auf, nehme den alten Apfel von der Obstschale und gehe damit ins Wohnzimmer zum Fernseher. Ich setze mich, ein paar der Fruchtfliegen kommen nach. Ich lege den Apfel auf den Couchtisch, sie setzen sich drauf und steigen und sinken, es ist fast wie Ballett.

Das, denke ich, war eigentlich ein ganz guter Tag.

TEEWURST

Die leicht vergilbten Spitzenvorhänge bewegten sich sachte, als der alte Mann seine Socken vorsichtig in den walnussbraunen Teppich setzte. Er stellte den Kaffee ab und fügte sich farblich perfekt in die graubraune Couch.

»So!«, sagte er und lächelte Ellen an. Auch er hatte eine Zahnlücke. Sie ließ ihn trotz seiner faltigen, trockenen Wangen und seiner wenigen silbernen Haare, die er ordentlich nach hinten gekämmt und mit Frisiercreme fixiert hatte, kindlich aussehen.

»Wie geht es dir?«, fragte Ellen.

»Gut. Und dir?«

»Auch gut. Sehr gut. Ich bin nur ein bisschen müde.« Sie lächelte ihn an.

»Hmm.«

»Der ICE fährt ja leider nicht durch bis hier. Waren halt schon sieben Stunden.«

»Den Bahnhof haben sie ganz aufwendig renoviert«, sagte er, während er den Schraubverschluss der Thermoskanne aufdrehte.

»Ja? War der vorher anders?«

»Ja.«

»Kaffee?«

»Gerne.«

Seine bleiche und schmale Hand zitterte leicht, als er den starken, schwarzen Kaffee in die Sparkassen-Becher goss und die Zuckerwürfel mit der Hand hinterherwarf. Ellens zarte Finger spürten mit dem Löffel nach den Stückchen, während sie ihn weiterhin ansah. Sie suchte nach einem unverfänglichen Thema, irgendetwas, das sie einander näherbringen würde, ohne dabei kompliziert zu sein. Sie fuhr sich durch ihr langes, salz-und-pfefferfarbenes Haar und atmete tief ein.

»Fährst du auch öfter Zug?«

»Nein.«

»Verreist du nicht viel?«

»Nein.« Er war mit der Kondensmilch beschäftigt, er tat sich schwer, die Folie vom Plastik zu lösen.

»Wir verreisen auch nur ein Mal im Jahr, ist ja auch eine Geldfrage. Mein Mann und die Kinder wollen immer unbedingt weg. Ich würde ja zu Hause bleiben.«

»Hmm.«

»Meistens fahren wir nach Italien.«

»Ja, das Geld«, sagte er. Sie war sich nicht sicher, ob er ihr zugehört hatte. Er hatte den Kaffee auf einmal ausgetrunken, als wäre es Wasser oder Saft, und dabei laut geschluckt.

»Ich soll dir schöne Grüße von meinen Kindern und meinem Mann ausrichten.«

»Danke.«

»Die sind schon fast erwachsen, meine Töchter, Helena zieht bald aus. Das wird schwer für mich.«

»Ja, Kinder.«

Er sah sie freundlich an, auch wenn seine Worte leer waren wie die Thermoskanne, in die er nun blickte, als könne er darin noch Kaffee finden, wenn er nur tief genug hineinschaute. »Meine Tochter Natalie würde dich auch gerne kennenlernen«, sagte Ellen.

»Soll sie doch mal kommen.«

»Ja, vielleicht kommen wir ja mal alle zusammen vorbei.«

Sie sah ihre Familie in der schattigen Wohnung vor sich. Sie schienen nicht hierher zu passen, an diesen Ort, an dem es nach Suppe, Staub und Medikamenten roch. Trotzdem hoffte Ellen, dass so ein Besuch bald möglich wäre.

»Natalie hat dir ja auch den Brief geschrieben, wie fandst du ihn denn?«

Das »Du« kam ihr immer noch schwer über die Lippen, sie hatte das Gefühl, dass sie den alten Mann siezen müsste.

»Gut. Ich hol mal neuen Kaffee.«

Ellen wartete nicht gerne auf ihn, sie hatte ihm zu viel zu sagen. Sie sprach bereits weiter, als er sich wieder der Wohnzimmertür näherte.

»Ist schon besonders, dass ein Mädchen in dem Alter so einen Brief schreibt, oder?«, sagte sie.

»Der bringt die mir nicht mehr an die Tür.«

»Was meinst du?«

»Der Postbote.«

»Was macht der Postbote?«

»Der wirft sie unten ein.«

»Ach so! Ja, blöd, sind schon viele Treppen. Das ist bestimmt anstrengend für dich.«

»Schon.«

»Sie hat ja bei der Auskunft angerufen, um deine Adresse rauszufinden.«

»Habt ihr denn kein Telefonbuch?«

»Ja, doch, aber nicht von hier.«

Vielleicht war es ihm unangenehm, dass ein so junges Mädchen dafür gesorgt hatte, dass sie beide sich begegneten, dachte Ellen. Sie selbst hatte sich nie getraut, etwas zu unternehmen, um ihn kennenzulernen. So hatte ihre Tochter ihm einen kurzen Brief geschrieben. Der alte Mann hatte erst zwei Jahre später darauf geantwortet. Offenbar hatte er lange darüber nachdenken müssen, ob er sie wirklich treffen wollte.

Sie rührten jetzt unablässig in ihren Tassen, obwohl sich die Zuckerwürfel in den Kaffeebechern längst aufgelöst hatten. Der alte Mann wirkte zufrieden, das Schweigen schien ihn nicht zu stören. Ellen sah sich um, zeigte ein interessiertes Gesicht und lächelte ihn immer wieder an. Ihr Blick fiel auf ein Bild an der Wand, das zwei Kinder zeigte. Der Junge war vielleicht drei Jahre alt, daneben ein Säugling in Mädchenkleidung. Sie glaubte, sich und ihren Bruder darin zu erkennen, doch sie war sich nicht sicher und traute sich auch nicht nachzufragen. Es wäre ihr unangenehm gewesen, wenn er gesagt hätte, es seien andere Kinder. Sie konnte sich ebenso wenig überwinden, näher an das Bild heranzutreten, um es besser erkennen zu können, doch sie freute sich, dass zumindest die Möglichkeit bestand, dass er ein Foto von ihr in der Wohnung hängen hatte.

Der alte Mann tat den Kuchen auf. Zügig versenkten sie ihre Gabeln in den weichen Erdbeerschnitten und schoben sich große, matschige, rotrosa Haufen in den Mund. Ellen bemerkte, dass sie beide sehr schnell aßen. Nach der dritten Gabel dachte sie über die Erdbeerschnitten nach. Sie erschienen ihr irgendwie unpassend an solch einem Tag. Sie überlegte, ob sie eine andere Sorte Kuchen besser gefunden hätte. Erdbeerschnitten waren etwas für schlichte, fröhliche Anlässe, für ungezwungene Familientreffen und Feiern im Garten. Bei Erdbeerschnitten dachte sie an Wespen und orangegelbe Sonnenschirme. Ein Sandkuchen wäre richtiger gewesen. Ein Sandkuchen war ein Kuchen ohne Aussage, ein Kuchen, mit dem man keine Erinnerungen verknüpfte. Er war unaufdringlich und passte zu jedem Anlass. Ein Marmorkuchen hingegen wäre ebenso falsch gewesen, sie hätte an die Kindergeburtstage gedacht, die sie nicht hatte feiern dürfen. Ihre Mutter hatte keines der sechs Kinder, die sie von fünf Männern bekommen hatte, je gewollt. So hatte sie auch keinen Grund darin gesehen, die Geburtstage der Kleinen zu feiern.

Der alte Mann hatte seinen Kuchen in Rekordtempo aufgegessen und lud sich ein zweites Stück auf den Teller. Sie kauten und lächelten hin und wieder, und es schien Ellen, als würde er sich immer wohler fühlen. Beinahe, als wäre sie schon immer da gewesen. Es rührte sie, dass sie nun einfach so dasaßen und gemeinsam aßen. Sie hatte sich alles Mögliche vorgestellt, bevor sie hierhergekommen war, doch plötzlich war sie am meisten davon überrascht, dass ihr Vater einen rosa Cremefleck am Kinn hatte und dabei sehr hilflos aussah. Ihre Unterlippe begann zu zittern. Ihre Nase bewegte sich Richtung Mund, die Augen wurden glasig. Schnell schob sie sich noch ein Stückchen Kuchen in den Mund, um durch das Kauen den Fluss der Tränen aufzuhalten. Ellen wusste, dass sie besser reden als nachdenken sollte, also sagte sie einfach irgendetwas.

»Ich übernachte ja bei meinem Bruder.«

»Ja.«

»Er baut seit zehn Jahren sein Haus aus, ist ein bisschen ungemütlich.«

»Aha.« Er goss sich noch einmal Kondensmilch nach und rührte weiter. Ellen störte sich daran, dass er so auf den Kaffee fixiert war, aber sie redete weiter.

»Er macht in seiner Freizeit Wurst. Sehr gute Wurst, muss man sagen.«

Der alte Mann richtete sich mit erwartungsvollem Blick auf und ließ den Kaffeelöffel los.

»Wirklich? Was macht er denn für Wurst?« Er war nun ganz auf sie konzentriert.

»Leberwurst und Blutwurst, manchmal auch Bratwurst«, sagte Ellen.

»Feine Leberwurst oder grob?«, fragte er.

»Meistens grob.«

»Grob mag ich ja sehr gern. Und wie macht er das? Maschinell?«

»Ja, ich glaube schon.«

»Oder macht er das einfach mit Fleischwolf und Wurstfüller?«

»Das weiß ich gar nicht so genau. Soll ich ihn mal fragen?«

»Ja, das wäre nett, das würde mich wirklich interessieren. Schlachten tut er aber nicht selber?« Der alte Mann sprach jetzt beinahe hastig. Er hatte so viele Fragen.

»Nein, er holt das Fleisch vom Schlachter direkt.«

»Und im Keller, oder wo?«

»Ja, im Keller.«

»Einmalig! Und wie lange schon?«

»Ich weiß nicht, ich glaube, er hat vor fünf Jahren damit angefangen. Ist eben nur sein Hobby.«

»Macht er auch Schinken?«

»Ja, manchmal.«

»Und Pfeffersäckchen?«

»Ich glaube manchmal.«

»Aber keine Brühwurst, oder?«

»Was ist das denn?«

»Bierschinken, Mortadella und so weiter. Ist aber ganz schön aufwendig.«

»Nein, ich glaube, das hat er noch nie gemacht.«

»Aber Presssack macht er schon, oder?«

»Nein, nicht dass ich wüsste.«

»Ach so.« Für einen Moment herrschte Stille, und Ellen versuchte, ihm möglichst zügig über die Enttäuschung hinwegzuhelfen.

»Vielleicht hat er auch schon mal Presssack gemacht, so genau weiß ich das eigentlich gar nicht.«

»Und wie viel produziert er so?«

»Ach, nur für den Eigengebrauch und ein paar Freunde. Er verkauft nichts.«

»Glaubst du, du kannst mir vielleicht mal was mitbringen?«

»Ja, bestimmt. Ich frag ihn mal.«

»Einmalig!«

Ellen dachte, dass es gut wäre, wenn auch sie in ihrer Freizeit Wurst machte. Sie wünschte sich jetzt, sie hätte schon vor Jahren gelernt, wie man Wurst herstellte.

»Ich mag grobe Leberwurst am liebsten. Beim Bertler haben sie die immer hervorragend gemacht. Aber jetzt macht er sie nach einem neuen Rezept und die schmeckt mir einfach nicht. Ich hab ihm das ganz ehrlich gesagt, dass die vorher besser war, aber er hört nicht auf mich. Jetzt nehm ich immer den Presssack, aber den ohne Majoran. Kennst du den Bertler?«

»Nein, aber der ist bestimmt gut.«

»Ja, war mal besser.«

»Schon schade, wenn sich solche Sachen ändern.«

»Ist ja seine eigene Schuld.«

»Wahrscheinlich.«

»Und was baut er da alles aus in seinem Haus?«, fragte der alte Mann niedergeschlagen. Die Unzufriedenheit über den Metzger Bertler war ihm immer noch anzumerken. Doch gerade in diesem Moment sah er nicht nur Ellen, sondern auch ihrem Bruder Franz erstaunlich ähnlich. Ellen freute sich, dass es Dinge gab, die sie gemein hatten. Die Zahnlücke, die Nase, die Augenfarbe. Ebenso freute sie sich, dass das Gespräch nun an Fahrt aufgenommen hatte.

»Oben will er noch ein Gästeschlafzimmer machen, und er baut auch einen großen Whirlpool ein«, sagte sie.

»Hat er Geld?«

»Ach, eigentlich nicht, sie sind sehr sparsam. Sie essen eben fast nur Wurstbrot.«

»Ist ja auch lecker. Und ich sag ja immer, warum nicht einfach das essen, was man am liebsten mag, oder?«

»Ja, stimmt. Ist halt nicht so gesund.«

»Warum?«

»Hat ja keine Vitamine.«

»Isst du denn keine Wurst?«, fragte er.

»Doch, natürlich, sehr gerne.«

Er schien auf einmal wieder lebendiger.

»Ich esse nicht gern Vitamine, und mir geht es trotzdem gut.«

»Ja, das ist toll, dass es dir so gut geht.« Sie lächelte ihn an.

Ihr Bruder Franz war allerdings in nicht so guter körperlicher Verfassung. Seit zwei Jahren trug er einen Sauerstoffrucksack. Nachdem er sein Leben lang täglich drei Schachteln Pall Mall ohne Filter geraucht hatte, war ihm irgendwann schlicht die Luft ausgegangen.

»Und der Franz, ist der nett?«, fragte er.

»Ja, er ist nett. Früher war er ein bisschen schwierig, aber jetzt ist er sehr nett.«

Ihr Bruder war lange Jahre nicht mit seinen Aggressionen klargekommen. Ohne Schulabschluss und vom Hals bis an den Bauchnabel tätowiert, hatte er nur eine Stelle bei einer Autobahnmeisterei gefunden. Tag für Tag mähte er Mittelstreifen und beschnitt Bäume, während der Motorenlärm der Autos die unruhigen Gedanken in seinem Kopf noch mehr aufmischte, so dass er sich an manchen Tagen fühlte, als hätte man ihm einen Pürierstab in den Kopf gesteckt. Am Abend versuchte er das Durcheinander mit Bier und Kirschschnaps zu ordnen, aber der Alkohol machte ihn oft wütend.

Dann rettete ihn die Country-Musik. Er besaß schließlich mehrere Tausend Platten, lernte zu reiten, sparte für eine USA-Reise und trug Cowboyhüte. Er wurde immer ruhiger, denn er war immer zufriedener. Er fand Arbeit in einer Fabrik und eine liebenswerte, wundervolle Frau.

Seither war er nur noch ein einziges Mal so wütend geworden, dass er zuschlagen musste. Kurz nachdem er sich seine zahllosen Tätowierungen hatte herausschneiden, sich sogar Haut von den Schenkeln auf die Arme hatte verpflanzen lassen, war er auf einen Artikel in einer Fernsehzeitung gestoßen, in dem beschrieben wurde, welch gute Resultate heutzutage bei der Beseitigung von Tätowierungen mit Lasertechnik erzielt wurden. Da war er aufgestanden, losgezogen, hatte Bier und Schnaps getrunken und jemanden vermöbelt, der seiner Meinung nach blöd geschaut hatte. Seither war er nicht mehr auffällig geworden.

Ellen hatte lange gebraucht, seine Läuterung anzunehmen. Doch jetzt spürte sie sogar so etwas wie Zuneigung zu ihm. Er hatte Glück gehabt. Glück wie sie, die einen Mann gefunden hatte, der sie aus der Kleinstadt in eine Großstadt gebracht und ihr zwei Kinder geschenkt hatte, denen sie ihr Leben widmete.

»Freut mich, dass der Franz nett ist«, sagte der alte Mann jetzt mit einem warmen Lächeln. »Ich würde ihn auch gerne kennenlernen.«

»Ja, das wäre schön.«

»Was machst du beruflich?«, fragte er.

»Ich mache ab und zu Inventur in einem Großmarkt, also ich zähle da die Artikel in den Regalen. Aber vor allem bin ich Hausfrau.«

»Eine gute?«

Ellen war eine so engagierte Hausfrau, dass sie sogar Unterwäsche, Strümpfe und Geschirrtücher bügelte und Schuhe wusch, weil ihr Putzen nicht ausreichend erschien. Sie tat dies, weil sie nicht nichts tun konnte, nicht still sitzen, keine Bücher lesen, nicht fernsehen. Auch die Urlaube in Italien mochte sie nicht und Hobbys hatte sie keine mehr, seit ihre Tochter sie im Alter von sieben Jahren einmal davon abgehalten hatte, zum Malkurs zu gehen, indem sie sich schreiend an ihr Bein gehängt hatte.

»Ja, ich bin sehr ordentlich und ich koche gern«, sagte sie.

»Was kochst du so?«

»Deutsche Küche, aber auch italienisch oder mal asiatisch oder orientalisch.«

»Asiatisch mag ich nicht.«

Es versetzte ihr einen Stich, dass er etwas, was sie mochte, so entschieden nicht mochte. Sie fühlte sich abgelehnt von ihm und war für einen Moment eifersüchtig auf ihren Bruder, der scheinbar mehr Gemeinsamkeiten mit dem alten Mann hatte als sie.

»Ich mache auch mehr einfache Sachen, aber manchmal mag ich exotisches Essen ganz gern. Aber nur ab und zu«, korrigierte sie sich, obwohl es nicht stimmte.

»Ich war mal bei einem Inder oder Thailänder, das weiß ich jetzt nicht mehr. Aber das war nicht gut. Die haben es auch gar nicht mit der Sauberkeit«, sagte er.

»Das glaube ich nicht.« Ellen fragte sich sofort, ob es richtig gewesen war, ihm so deutlich zu widersprechen. Sie mussten ja nicht in allen Punkten gleicher Meinung sein.

»Wir haben hier so gutes Essen, da braucht man keinen Reis mit Scheiß«, sagte er und amüsierte sich sehr über seine Bemerkung. Er legte seine Hand auf ihre, sie war heiß und unangenehm feucht, doch zum ersten Mal suchte er ihre körperliche Nähe. Etwas Zärtliches lag in seinem Blick, die Aufforderung, gemeinsam zu lachen, als Vater und Tochter. Er nahm seine Hände, zog seine Augen zu Schlitzen und sagte: »Ich nix verstehen, nur wollen Leis«, und erfreute sich so sehr an seinem Witz, dass seine Stimme sich vor Lachen überschlug. Ellen bemühte sich, belustigt zu wirken. Ihr Vater nahm die erzwungene Andeutung eines Lachens ernst und lachte seinerseits noch lauter. Dann stand er auf, ging zum Sideboard und holte etwas aus einer Schublade. »Das muss ich dir zeigen, das ist einmalig.«

Er legte ein Formular auf den Tisch, das mit der Überschrift »Asylantrag« versehen war. Die erste Frage, die Ellen las, war: »Woher du wissen, dass Bundesrepublik Schlaraffenland?« Die zweite: »Wo du durch Wald gekomme?« Die dritte: »Woher du habe Pass? Von Totem, geklaut, gefunden, von Kollege?«

Er wartete darauf, dass Ellen nun endgültig in haltloses Lachen ausbrach. Sie versuchte mit ganzer Kraft, ein fröhliches Geräusch zu erzeugen und fing stattdessen an zu husten. Er ging nun näher auf die Passagen des Papiers ein, die er für die besten hielt: »Wer ist Mama: Schwester, Tante, Oma, Frau von Nachbar?« Wieder blickte er sie erwartungsvoll an, und wieder verzog sie nur ihr Gesicht und machte dabei ein paar seltsame Gurgelgeräusche. Ihre Muskeln waren so angespannt, dass man die Sehnen an ihrem Hals und die Steifheit ihres Kiefers sah. Der alte Mann schien sich jetzt zu fragen, ob sie überhaupt über irgendetwas lachen konnte oder ob diese Gurgelgeräusche vielleicht sogar eine Art Behinderung waren.

Ellen blickte sich verlegen im Wohnzimmer um, konzentrierte sich auf die Abstufungen der Farbe braun, die sie darin ausmachte. Es gab eine mittelbraune Schrankwand, dunkelbraune Stühle, einen haselnussbraunen Beistelltisch, einen rotbraunen Wandteppich, gelbbraune Gläser, einen kupferbraunen Stich an der Wand, einen mahagonibraunen Ledersessel, ein olivbraunes Schreibset und die graubraune Couch, mit der er verschmolz. Sie kam auf insgesamt vierzehn braune Gegenstände.

Ellen blickte den alten Mann an. Verzweifelt suchte sie nach etwas Schönem an ihm, was sie ablenken würde. Sie rang nach einem Satz, den sie sagen konnte, aber durch ihren Kopf stürmten nur zusammenhangslose Wortketten: Gelbwurst, Presssack, Sülze, Metzger, Erdbeerschnitte, Bratwurst, Franz, Briefkasten, ICE, Brühwurst. Sie starrte ihn an. Er hatte die Hände ineinander gelegt und spielte unruhig mit seinen Daumen. Sein linker Daumen war dicker als der rechte. Er war geradezu massig im Vergleich und hatte eine stärkere Biegung, genau wie bei ihr. Sie schluckte. Wieder unternahm sie den Versuch, etwas zu sagen, und endlich kam etwas aus ihrem Mund heraus.

»Teewurst«, sagte sie.

»Hmm?«

»Magst du Teewurst auch?«

»Nein.«

»Ich auch nicht.«

Er lächelte sie an, zeigte ihr, dass er sich über diese Gemeinsamkeit freute. Ellen lächelte nicht mehr zurück.

»Ich glaube, ich muss jetzt los«, sagte sie.

»Gut, war schön, dass du da warst. Vielleicht sehen wir uns ja wieder.«

»Ja, vielleicht«, sagte Ellen und stand auf.

»Aber an die Wurst vom Franz, an die denkst du doch, oder?«

DAS BESTE

Nichts, was Hedi je vorher gerochen hatte, war so gut gewesen wie der Geruch ihrer winzigen Tochter. Gebackener Apfel, Sonnencremereste auf dem Unterarm, warmer Kuchen oder Regen auf heißem Asphalt, all diese Gerüche waren einfach und alltäglich im Vergleich zum Duft ihres Babys. Sie konnte nicht aufhören, an der kleinen Elsa zu riechen. Sie atmete sie ein und suchte dabei nach einer Ähnlichkeit zwischen ihnen beiden. Doch sie fand in Elsas Gesicht nichts, was ihrem oder dem ihres Mannes Hans glich. Hedi hatte eher das Gefühl, sie hielte ihren alten Vater in den Armen, der ganz winzig war und ein wenig schrumpelig, Elsa glich ihm auf erstaunliche Weise. Seine dunkelblauen Augen sahen sie an, seine Nase mit den breiten Flügeln kräuselte sich. Die Kleine und ihr Opa hatten sogar die Frisur gemein. Hans und Hedi waren blond, aber ihr Baby hatte dünnes, schwarzes Haar und einen Wirbel an der gleichen Stelle wie ihr Großvater. Hedi strich über den seidigen Kopf ihrer Tochter und sorgte sich, dass sie für den Rest ihres Lebens das Gefühl haben könnte, mit ihrem Vater zusammen zu sein, wenn sie mit ihrem Kind war. Sie weckte Hans, der erst vor ein paar Minuten erschöpft in die gelbe Bettwäsche des Gerlinden-Spital-Bettes gesunken und innerhalb von Sekunden in Tiefschlaf gefallen war. Schweißperlen lagen auf seiner Stirn. Es war stickig im Zimmer. Hedi bat ihn, das Fenster zu öffnen, sie durfte noch nicht aufstehen. Doch der Sauerstoff blieb vor den Fenstern stehen, als wäre die Luft im Raum zu dicht, um sich mit ihr zu vermischen.

»Hans, Elsa sieht haargenau so aus wie mein Vater«, sagte Hedi leise, um ihre Tochter nicht zu wecken, doch es klang wie ein Geheimnis, das sie nicht kennen durfte.

»Das ist doch süß«, gab er müde zurück.

»Und was machen wir, wenn das so bleibt?«

»Sie ist doch gerade erst auf die Welt gekommen. Lass ihr doch Zeit.«

»Ja, aber komisch ist das schon, oder?«

»Na ja, vielleicht ist sie ja eine Reinkarnation deines Vaters.«

»Das geht nicht, dazu müsste er ja tot sein.«

»Ja, das stimmt. Aber freu dich doch, sie könnte genauso gut eine Reinkarnation von Hannelore Kohl sein.«

»Ich find das nicht witzig.«

Die Kleine rührte sich und schnappte mit dem Mund in der Luft herum, als könnte sie dort Nahrung finden. Seufzend ließ Hans sich auf seine Bettseite zurückfallen.

»Ich glaube, du musst sie jetzt stillen.«

»Aber ich weiß immer noch nicht, wie das geht.«

»Komm, wir probieren das jetzt einfach noch mal. Kann ja nicht so schwer sein.«

Doch es war schwer. Wie auch andere Dinge, die sie sich immer so leicht vorgestellt hatte. Im Prinzip hatte sie sich vor der Geburt nicht mehr ausgemalt als ein fröhliches Polaroid von sich und ihrem Baby. Ein grobkörniges, leicht verschwommenes Bild mit viel nackter Haut, weißem Stoff, weichem Licht und glasig-glücklichen Augen, so wie sie in der Hebammenpraxis und beim Frauenarzt hingen. Und nun guckte sie gar nicht ätherisch-verklärt, sondern blickte ihr Baby beim Wickeln nervös an, weil sie sich sorgte, ihm etwas zu brechen. Elsa war ja so klein und viel verletzlicher als die Übungspuppe aus dem Geburtsvorbereitungskurs. Sie hatte mit der unsympathisch dreinblickenden, abgenutzten Babypuppe wenig geübt, sie war sich dabei blöd vorgekommen. Als Hans das Gummibaby versorgt hatte, hatte sie laut lachen müssen. Das Geburt-Üben war ihr ebenso unangenehm gewesen, doch alle anderen im Raum waren in eine Art heilige Stimmung verfallen, während Hans und Hedi ständig auf die Uhr geschaut hatten. Einen Kurstag hatten sie geschwänzt, es war ihnen an dem Tag nicht danach gewesen, sich noch einmal gemeinsam über einen Gymnastikball zu legen. Jetzt sorgte sie sich, dass sie vielleicht ausgerechnet den Kurstag zum Thema Stillen verpasst hatte. Es fehlte Hedi scheinbar jegliche Begabung dafür. Die Schwestern waren unzufrieden mit ihr, und auch die Stillberaterin hatte immer diesen leicht säuerlichen Ausdruck um den Mund, wenn sie das Stillkissen zackig um Hedi herumdrapierte und dabei ganz sanft zu ihr sprach. Hedi mochte diesen Tonfall nicht. Er klang, als ob sie nicht ganz richtig wäre, seit sie ein Kind auf die Welt gebracht hatte. Oder als ob sie selbst mit der Geburt wieder ein Baby geworden wäre.

Die Kleine schrie nun unaufhörlich, obgleich Hedi sich alle Mühe gab, und kaum mehr schlief. Die Schwestern brachten ihr erst mechanische, dann elektronische Geräte, mit denen sie die Sache in Schwung bringen sollte, doch alles Pumpen war vergeblich. Was sie Elsa anzubieten hatte, war immer noch mickrig.

Die Freunde, die kamen, lächelten, flüsterten, Kuschel-tierberge brachten und wieder gingen, freuten sich sehr über die kleine Elsa. Manche weinten. Sie fragten Hedi, ob sie denn nicht durchdrehe vor Glück und wie das denn sei, ein Kind auf die Welt gebracht zu haben. Wenn sie sagte, dass es anstrengend gewesen war, sagten sie:

»Ja, klar, anstrengend ist das bestimmt und schmerz-haft, aber auch der Wahnsinn, oder?«

»Ja, klar, der Wahnsinn ist es natürlich schon«, sagte sie dann.

Hedi sah Elsa viel an. Stundenlang betrachtete sie ihren kleinen Kopf, der auf ihrem weichen und immer noch runden Bauch ruhte oder hastig nickend nach ihrer Brust suchte und dabei das eierschalenfarbene Seiden-nachthemd nass machte. Sie sah in Elsas Gesicht, das sich ein wenig verändert hatte, sich allmählich vom Aus-sehen des Großvaters entfernte. Doch die Ähnlichkeit war immer noch da. Hedi betrachtete Elsas zarte, runz-lige Finger, die alt aussahen, nicht neu geboren, ihre Fingernägel, die nicht viel größer waren als ein Weizen-korn. Sie betrachtete ihre runden Augen, die noch nicht viel sahen, und auch das erinnerte sie an ihren Vater, denn er sah schlecht und trug zeit seines Lebens eine Brille mit Gläsern von der Stärke eines Plexiglasbilder-rahmens.

Hedi fragte sich jetzt oft, ob sie glücklich genug war. Sie hatte das Gefühl, irgendetwas an ihrem Polaroid stimmte nicht. Sie wartete darauf, jede Sekunde vor

Glück durchzudrehen oder vor Liebe zu platzen. Vielleicht sogar vor Freude durch den Raum zu tanzen, obgleich sie noch nie vor Freude getanzt hatte und das körperlich noch gar nicht möglich gewesen wäre. Hans sagte ihr oft, dass sie Elsa doch erst einmal kennenlernen müssten.

Nachdem sie vom Krankenhaus nach Hause kamen, nannte er sie ihren unselbständigen, kleinen, neuen Mitbewohner und machte Witze, dass Elsa auch mal die Spülmaschine ausräumen könne. Aber Hedi wollte keinen Mitbewohner, sie wollte vor Freude explodieren. Sie war nicht unglücklich, das nicht, nur fiel sie nicht vor Glück in Ohnmacht, und das machte ihr Sorgen.

Sie sah ihr Kind fast nur noch an, denn sie war ungeduldig. Die Kleine störte sich nicht daran, wenn Hedi sie stundenlang betrachtete. Sie schlief nun ohnehin meistens. Sie war dabei so ruhig, dass ihr Atem kaum zu erahnen war. Nur wenn Hedi ihr Ohr ganz nah an Elsas Gesicht hielt, konnte sie ein gerade noch hörbares Geräusch vernehmen, das sie an das Rauschen des Meeres an einem windstillen Tag erinnerte. Seit sie nicht mehr im Krankenhaus waren und Wiederbelebungsmaßnahmen damit nicht mehr jederzeit verfügbar, kontrollierten Hans und Hedi alles genauer. Sie beachteten alle Anweisungen zur Verhinderung des plötzlichen Kindstodes. Die Broschüre hatte man ihnen im Krankenhaus an Elsas zweitem Lebenstag in die Hand gedrückt. Es stand darin, dass ihr Kind sterben könne, wenn sie die aufgeführten Hinweise nicht beachteten. Waren sie vorher noch fest davon überzeugt gewesen, dass ein Kind, das erst einmal lebte, auch weiterlebte, waren sie nach der Lektüre der Broschüre vom Gegenteil überzeugt. Sie schliefen nicht mit ihr in einem Bett, obgleich sie das gerne getan hätten. Sie kontrollierten in regelmäßigen Abständen, ob Elsa auch noch auf dem Rücken lag, ob ihr Schlafsack nicht verrutscht war, wie die Zimmertemperatur war, und mindestens alle zwanzig Minuten, ob sie noch atmete. Das Regeln der Zimmertemperatur war allerdings ein Problem.

»Ich frage mich, was die sich dabei gedacht haben, zu schreiben, dass es im Schlafzimmer immer 17 bis 18 Grad haben muss. Wie soll das denn gehen im Sommer?«, sagte Hans.

»Eigentlich müssten dann doch die Kinder in südlichen Ländern reihenweise am plötzlichen Kindstod sterben«, meinte Hedi.

»Oder man muss sich eine Klimaanlage kaufen, um das Leben seines Kindes zu retten. Aber dann hätte die Menschheit doch gar nicht überlebt, oder?«

»Ich weiß nicht, bei den Neandertalern in den Höhlen war es wahrscheinlich schön kühl, oder?«

»Ja, aber die hatten ja auch nicht alle eine Höhle.«

»Nee?«

»Ich glaube nicht«, sagte Hans.

»Und was machen wir jetzt? Hier drin hat es 25 Grad.«

»Nackt ausziehen?«, schlug Hans vor.

»Nein, nackt dürfen Säuglinge nicht schlafen. Stand in der anderen Broschüre.«

»Ich weiß nicht, wir könnten einen Ventilator kaufen.«

»Aber dann bekommt sie vielleicht einen Zug.«

Sie verschoben die Entscheidung auf später und sahen noch öfter nach Elsa, wenn sie schlief.

Man hatte ihnen auch nicht gesagt, dass Säuglinge

röcheln, stöhnen, seufzen und gurgeln. Oft schreckte Hedi auf, wenn das Kind in der Nacht wieder einmal einen seiner seltsamen Laute von sich gab, überzeugt davon, dass dies der in der Broschüre angedeutete Todesseufzer sein könnte.

Hedis Eltern reisten an, als Hans und sie den dritten Tag mit Elsa zu Hause waren. Als Hedi die Tür öffnete und ihre Eltern aufgeregt vor ihr standen, sah sie zwei große Babys vor sich. Als ihr Vater Elsa in den Arm nahm, glich sie die Gesichter der beiden systematisch ab, vom Haar über den Haaransatz bis zum Hals, und kam zu dem Schluss, dass sie sich mittlerweile weniger ähnlich sahen. Sie war erleichtert. Doch ihre Mutter war da anderer Meinung. »Ganz der Opa!«, sagte sie und lachte, ohne dass Hedi mit einstimmte. Sie fragte sich, wie das Leben ihres Kindes verlaufen würde, wenn es als Teenager immer noch aussah wie ihr Vater.

Die Eltern waren begeistert, wie schön alles vorbereitet war. Die alte Wickelkommode, die vielen kleinen Strampelanzüge aus Naturmaterialien, das Mobile über dem Bettchen, alles war da. Hans und Hedi hatten nichts von der Liste vergessen, die sie im Internet heruntergeladen hatten. Cremes, Windeleimer, Schlafsack, Seidenmützchen, Badewannenthermometer, Öltücher, Babyfon, Nasenpopelsauger, Schühchen, Hemdchen, Babyhängematte, Kuscheltier, Spucktücher, Söckchen, Wiege und Fieberthermometer.

Hedis Eltern beabsichtigten, zwei Wochen zu bleiben. Hedi hatte ihnen gesagt, dass sie sich darauf freue. Sie würden ihnen helfen, und Hedi könnte sich ausruhen. Erst zwei Stunden nach ihrer Anreise begriff sie, dass die

Eltern nun da waren und dableiben würden. Sie hatte vorher wenig darüber nachgedacht. Auch die Vorstellung von der Zeit mit ihnen war abstrakt gewesen. Zwar kein Foto, aber eine Art Super-8-Film. Sie waren schnell und ruckelig mit ihrem Kind auf dem Arm durchs Bild gelaufen, hatten dem Kind Fläschchen warm gemacht, waren wieder durchs Bild geruckelt, hatten gelacht und in Zeitraffer-Geschwindigkeit fröhlich und schnell mit dem Kopf genickt. Hatten Rasseln in leuchtenden Farben herumgeruckelt und ihnen unkompliziert Essen gekocht. Dabei saß das Baby bereits in einem Hochstuhl und aß Brei. Doch ihre Eltern ruckelten kein bisschen. Sie waren real. Sie erinnerten sich an Hedis Kindheit, erzählten all die Anekdoten, die Hedi schon kannte. Es schien, als wäre es mit ihnen in der Wohnung wärmer und stickiger. Wahrscheinlich verbrauchten sie viel Luft, weil sie so viel redeten.

Hedi und Hans waren schnell müde, doch Hedi hoffte, sich an die Situation zu gewöhnen. Ihre Mutter hatte immerhin vier Kinder zur Welt gebracht. Hedi konnte sie alles fragen, und das gab ihr ein Gefühl der Sicherheit. Sie bewunderte ihre Mutter für die Selbstverständlichkeit ihrer Handgriffe. Die Mutter wusste, warum der Windelinhalt welche Farbe hatte und wann sich die Farbe ändern musste, sie wusste, wann das Kind Hunger hatte und wann es ihm ungemütlich war. Sie kannte alle Kinderlieder und unterhielt das Baby mit ihrer hohen Stimme. Sie wusste, woher Elsas Laute kamen und auch, wie man sie beruhigen konnte. Sie war eine gute Oma.

»Hast du mich eigentlich sofort über alles geliebt und warst extrem glücklich, als ich auf die Welt gekommen bin?«, fragte Hedi, denn wenn jemand wissen konnte, was richtig und was falsch war, dann ihre Mutter.

»In der Sekunde, in der du rausgekommen bist! Klar, was denkst du denn?«, antwortete sie. Das sei doch ganz natürlich. »Ich liebe auch Elsa schon unglaublich«, fügte sie hinzu. »Warum?«

»Also, bist du so richtig durchgedreht vor Glück? Wie wenn man sich verliebt hat, nein, noch viel mehr? Also, wie man sich nie vorher im Leben annähernd gefühlt hat?«

»Ja, du beschreibst das ganz gut. Warum denn?«

»Ich weiß nicht, ich habe irgendwie nicht so ein großes Glücksgefühl, wie ich gedacht hätte.«

Erschüttert sah sie Hedi an: »Hast du Depressionen? Du musst zum Arzt!«

»Nein, ich bin nicht depressiv. Aber warum soll ich zum Arzt?«

»Vielleicht fehlen dir Mutterhormone.«

»Ja, vielleicht, aber ich glaube nicht, dass man Mutterhormone schlucken kann.«

Ihre Mutter hatte tränenfeuchte Augen.

»Du musst doch dein Kind abgöttisch lieben, das kann doch gar nicht sein. Jeder ist glücklich wie nie zuvor im Leben, wenn es rauskommt.«

»Ich mag sie ja wirklich sehr gerne.«

»Aber mögen, Hedi. Ich mag auch Toastbrot.«

»Ich mag sie natürlich viel mehr als Toastbrot.«

Die Eltern beobachteten Hedi nun, wenn sie Elsa wickelte, wenn sie ihr Kind ansah, wenn sie die Kleine herumtrug, wenn sie versuchte, sie wenigstens ein bisschen zu stillen. Hedi fühlte sich beobachtet, und sie meinte ihre Urteile zu spüren. Sie sagten nichts, doch Hedi konnte ihre Gedanken erahnen. »Guck mal, sie bewegt sich auch gar nicht mütterlich«, klang es in ihren Ohren. »Wickeln kann sie ja nicht so gut.« Oder: »Sie trägt sie irgendwie so unsouverän.«

Ihre Eltern verfolgten sie durch die Wohnung. Selbst wenn sie auf der Toilette saß, wartete einer der beiden davor, um sich sogleich mit ihr zu unterhalten und zu fragen, wie man sie unterstützen könne. Alle zwei Stunden wurde sie gefragt, wie es ihr ging, und etwa alle dreißig Minuten wurde sie darauf hingewiesen, wie bezaubernd, süß, lustig und hübsch ihre Tochter sei, in einem Ton, als fände sie selbst ihr Kind hässlich und humorlos. »Guck mal, wie süß sie guckt. Jetzt guck mal hin. Hedi! Schau doch endlich mal, so süß!«, riefen sie ihr durch die Wohnung zu. »Hedi! Jetzt komm doch mal, Elsa bewegt sich gerade so niedlich, Hedi! Jetzt komm doch, das musst du dir angucken!«

Und Hedi guckte sich alles an. Sie freute sich auch, wenn die Kleine einen Finger in die Luft hielt oder wenn sie in einer anderen Geschwindigkeit trank als sonst. Manchmal war sie von kleinen Dingen wirklich angetan. Sie wäre nur lieber nicht zur Begeisterung aufgefordert worden. Sie wusste ja, dass ihre Eltern nur das Beste wollten, aber ihr Bestes war eben gerade unerträglich.

Ihrer Mutter kamen wieder einmal die Tränen. Sie presste die Worte hervor: »Aber ich hab mir so viel Mühe gegeben.«

»Ihr könnt uns doch vielleicht auch ein andermal noch mal besuchen«, sagte Hans, der das Thema aufgebracht hatte, mit einem Lächeln, das an Zahnarztbesuche denken ließ. »Das ist jetzt gar nicht wegen euch, also wir wollen da nur selbst, also alleine irgendwie reinfinden.«

»Gut, dann fahren wir eben, deine Mutter hat aber jetzt erst mal vier Monate keinen Urlaub«, sagte der Vater.

»Ja, oder ihr zieht einfach in ein Hotel«, schlug Hans vor.

»Ich habe mich so gefreut auf unser Enkelkind«, sagte die Mutter. »Wir haben ihr so viel gekauft und unsere Zugfahrkarten kann man auch nicht umtauschen.«

»Ich zahl das«, rutschte es Hedi heraus. Und es tat ihr gleich leid. Doch sie baute darauf, dass sie es bald vergessen würden.

Immer noch betrachtete Hedi ihre Tochter außerordentlich oft. Sie sagte jetzt häufig ihren Namen dabei, immer und immer wieder. Sie hatte bemerkt, dass er sich komisch in ihrem Mund anfühlte, vielleicht war es nicht der Richtige. Vielleicht aber sagte sie ihn nur zu oft, dachte sie: Elsa, Elsa, Elsa, Elsa, Elsa, Elsa, Elsa, Elsa, Elsa, Elsa, Elsa, Elsa, Elsa. Irgendwann klang das einfach wie ein modernes Kunststoff-Produkt oder eine Behörde oder eine andere Sprache. Sie dachte, es könnte das Wort »Ja« auf Norwegisch sein oder eine Baumsorte auf Finnisch. Oder auch nur eine Art Laut. Sie sang den Namen, baute ihn in Kinderlieder ein, die sie aber nicht sehr gut beherrschte. Hans hatte festgestellt, dass sie beinahe jedes Lied in der Melodie der Deutschen Nationalhymne sang: »Dort drooooben auf dem Beeerge ist der Teufel loooos, da zanken sich zwei Zweeerge um den Kartoffelkloooß.« Doch sie übte, und Elsa beschwerte sich nicht.

Nach zehn Tagen gingen sie das erste Mal spazieren. Es war seltsam, wieder unter Menschen zu sein, draußen im Leben, in dem die anderen machten, was sie immer machten. Langsam schoben sie den alten, burgunderroten Kinderwagen, den man ihnen geschenkt hatte, die Straßen hinunter. Sie liefen unter den Kastanien entlang, deren sprödes Laub sich schon auf der heißen Straße verteilte. Hedi roch den nahenden Regen und war froh über die bevorstehende Abkühlung, die die Raumtemperatur in ihrem Schlafzimmer senken und damit den plötzlichen Kindstod Elsas unwahrscheinlicher machen würde. Sie erinnerte sich, wie sie früher einen Sommer gefühlt hatte. Es war wie mit dem Strand oder den Bergen, ein so klares Gefühl, dass man es immer abrufen konnte, dachte sie. Doch jetzt empfand sie den Sommer, die Wohnung und sogar den Anblick der Bäume anders und das verwunderte sie.

»Irgendwie fühlt sich alles anders an. Geht dir das auch so?«, fragte sie Hans.

»Irgendwie schon. Aber das ist wahrscheinlich normal.«

»Glaubst du, das ändert sich noch oft, also, dass es sich jetzt anders anfühlt und dann, wenn sie in die Schule geht, noch mal anders? Und wenn sie erwachsen wird, wieder anders? Dass man jetzt sozusagen noch ganz viele Leben vor sich hat, in denen sich der Sommer immer wieder anders anfühlen wird?«

»Nein, ich glaube, das ist nur *jetzt* anders, und dann bleibt es, wie es ist.«

Elsa begann jammernde Laute von sich zu geben. Sie setzten sich auf eine Parkbank und machten ihr ein Fläschchen. Hedi nahm ihr leichtes, duftendes Kind aus dem Wagen und küsste es auf sein weiches Haar. Die Kleine trank langsam. Sie ließ überhaupt alles gemächlich angehen. Hedi wunderte sich oft, wie das Kind so entspannt sein konnte. In manchen Momenten wäre sie gerne ihre Tochter gewesen. Hedi sang ihr leise ein Lied, sie summte »Ein Vogel wollte Hochzeit machen« und war stolz, dass sie es schaffte, den Ton zu treffen. Nach einer Weile ertappte sie sich dabei, wie sie leer in den Park blickte, anstatt ihr Kind anzusehen, dem sie zu trinken gab. Etwas Ähnliches war ihr schon einmal aufgefallen, als sie eine Rassel für Elsa geschüttelt hatte. Sie versuchte sich wieder voll auf Elsas Trinken zu konzentrieren, drückte sie näher an ihren Körper, strich die dünne Wolldecke glatt, in die die Kleine eingewickelt war und sah sie an. Elsa schien sich wenig umzublicken im Park, drehte den Kopf ein klein wenig hin und her und saugte am Fläschchen. Plötzlich ließ sie los und lachte laut auf und hörte gar nicht mehr auf damit. Sie lachte in einer Art, wie es Erwachsene tun. Ihr Brustkorb bebte, ihre Schultern zuckten, irgendetwas musste verdammt witzig gewesen sein. Hans und Hedi sahen sie an, als betrachteten sie eine tobende Naturgewalt und rätselten lange darüber, was Elsa so lustig gefunden haben konnte.

»Sie kann doch nur ganz wenig sehen und verstehen.«

»Na ja, sie kann schon riechen und schmecken und fühlen und sehen, halt nicht so gut sehen.«

»Ja gut, aber das ergibt ja jetzt alles auch noch nicht so viel Sinn für sie, oder?«, sagte Hans.

Erst in ein paar Wochen oder sogar Monaten würde die Welt für Elsa ein Diafilm sein, sagte Hedi. Sie hatte das in einem der Babybücher gelesen.

»Und dann, also viel später, merkt sie erst, dass es Zusammenhänge gibt. Also, zum Beispiel, dass man nicht an der Tür steht und dann plötzlich am Bett, sondern dass man sich dahin bewegt.«

»Wirklich?«

»Ja, steht da drin.«

»Und was steht da noch drin?«

»Also, in so fünf Monaten müsste sie sich umdrehen können und so mit einem Jahr Mama oder Papa sagen.«

Sie wunderten sich noch mehr, woher dieses erwachsene Lachen dann gekommen sein konnte.

Als die Hebamme Elsa ein paar Tage nach der Geburt in der Welt willkommen geheißen und sie untersucht hatte, hatte Elsa ihr tief und lange in die Augen geblickt. Die Hebamme war überrascht gewesen und hatte sie daraufhin eine alte Seele genannt. Hedi und Hans hatten es als esoterische Äußerung abgetan, zumal das Sprechzimmer der Hebamme mit Schwammtechnikwänden und Bergkristalllampen ausgestattet war und sie die Gruppe zu Beginn jedes Geburtsvorbereitungskurs-Tages zu einer selbst vorgetragenen Wanderung durch den Himalaja hatte meditieren lassen. Doch Hedi glaubte ihr nun, Elsa musste bereits gelebt haben. Sie war sich sicher, dass sie nur über etwas aus einem vorherigen Leben gelacht haben konnte.

»Eigentlich ist es doch ganz offensichtlich, oder?«, meinte sie.

»Der Dalai Lama sagt ja, dass wir alle schon unendlich oft geboren wurden und es deshalb mehr als wahrscheinlich ist, dass wir alle miteinander verwandt sind«, sagte Hans.

»Vielleicht bin ich ja auch Elsas Cousine«, meinte Hedi.

»Oder sie ist deine Mutter.«

»Nein, das geht nicht! Das hatten wir doch schon mal. Die Seele wandert ja, aber die Seele verändert sich nicht, also wenn du zum Beispiel mal ein Afrikaner warst und jetzt du bist, das geht. Aber Elsa kann nicht der gleiche Afrikaner gewesen sein. Verstehst du, was ich meine?«

Für eine Weile betrachteten sie Elsa, die nun vor sich hin lächelte, ganz in ihrer eigenen Welt.

»Was glaubst du, wer sie in ihrem letzten Leben war?«, fragte Hans.

»Hmm, schwer zu sagen. Vielleicht Südamerikanerin oder Spanierin.«

»Warum?«, er war irritiert.

»Ich weiß nicht, irgendwie habe ich das im Gefühl.«

»Dann ist sie Frida Kahlo.«

»Sie war bestimmt jemand Wundervolles«, sagte Hedi.

»Auf jeden Fall.«

»Sonst wäre sie nicht so entspannt, sie hätte sonst zum Beispiel Blähungen.«

»Ja, glaube ich auch. Oder sie wäre jetzt ein Käfer.«

Hedi dachte an ihre Freundin Monika, die ein sehr glücklicher Mensch war. Monika hatte sich in einer medialen Beratung sagen lassen, welche Leben sie vorher gelebt hatte. Sie war 1942 ein jüdischer Flüchtling gewesen, hatte ihr die Frau, ein Channelmedium, gesagt. »Aber man bekommt doch gar kein besseres, nächstes Leben geschenkt, weil man Leid ertragen hat, oder?«, fragte sie.

»Nein, ich glaube nur, wenn man gutes Karma oder wenig Karma erarbeitet hat.«

»Dann hätte sie Widerstandskämpferin sein müssen.«

»Ja, eigentlich schon. Aber warum waren eigentlich alle Revolutionäre oder verfolgte Juden oder sonst was? Keiner, der bei einem Medium war, bekommt gesagt, dass er einfach normal war.«

»Passant.«

Hans lachte.

»Ich meine Zivilist oder Normalbürger eben«, sagte sie.

Hedi fragte sich, wie Elsas Leben mit ihr war, denn es war schwer, ihr vorheriges zu erahnen, wenn sie sich nicht über die Qualität des jetzigen bewusst war. Vielleicht war Elsa auch nur ein x-beliebiger Soldat gewesen, der in seinem Fallschirm vom Himmel geschossen worden war. War sie doch die Spanierin gewesen, hatte sie vielleicht gegen Franco gekämpft, oder aber sie war Hausfrau in einem Vorort von Madrid. Es war schwer zu sagen, ob Elsa sich wenig Karma erarbeitet hatte und deshalb nun als ihre Tochter wiedergeboren worden war, oder ob sie doch eine Menge Karma angesammelt hatte und jetzt zur Strafe bei ihr war. Sie dachte lange darüber nach, beschloss, dass Elsa wahrscheinlich ganz gut gewirtschaftet hatte, wenn man andere Möglichkeiten eines Platzes im Leben in Betracht zog. Es ging ihr gut, wie sie dalag und ihr zartes Meeresrauschen erzeugte. Hätte die Kleine gar kein Karma erarbeitet, wäre sie nicht wiedergeboren worden, sondern gleich irgendwo im Nirwana gelandet und hätte sich nicht einmal mehr damit beschäftigen müssen, Milch zu trinken. Wobei, wer wusste schon, was man im Nirwana machte. Hedi war froh, dass Elsa da war.

Sie schlief in dieser Nacht zum ersten Mal durch, tief

und lange und traumlos. Sie wachte nach zwölf Stunden auf. Es war heiß und dunkel im Zimmer, die Haare klebten ihr an der Stirn. Sie wusste nicht, ob es Nacht oder Tag war, aber Hans und Elsa waren nicht da. Hedi lief durch die Wohnung und sah ihr Kind nackt auf einer Wolldecke in der Küche liegen und entspannt die Wand anlächeln, während Hans putzte. Hedi versteckte sich hinter dem Türrahmen und beobachtete die beiden eine Weile. Sie merkte, wie das Glück langsam von ihren Knöcheln über die Beine in ihren Oberkörper kroch, bis sie endlich fast durchdrehte vor Freude. Sie ging zu Elsa, nahm sie in den Arm und meinte vor Liebe zu bersten. Sie nahm sich vor, jetzt all das zu machen, was auf ihrem Polaroid zu sehen gewesen war. Glasig zu lächeln, entrückt zu genießen, von weichem Licht beleuchtet zu werden und eventuell sogar schreiend vor Glück einmal durch die Wohnung zu tanzen. Jetzt konnte sie auch endlich wieder tanzen.

Hedi schlug Hans ein paar Tage später vor, Elsa umzubenennen. Sie nannten sie Dolores und kamen überein, dass sie eine dicke spanische Hausfrau gewesen war. Mit vielen Kindern und einem Mann mit ledriger Haut, der viel rauchte und über ihr Essen schimpfte. Doch sie hatte sich nie darüber aufgeregt und einfach weitergekocht, den Kindern die Rosshaare gekämmt und über das Leben gelacht.

HANNI und HANNI

»Lieber Gott, bitte hilf mir! Bitte, bitte, bitte, lieber Gott, mach, dass ich ins Fernsehen komme, bitte! Und bitte, lieber Gott, mach, dass alle mich sehen und toll finden und bitte mach, dass ich dann auch in andere Fernsehsendungen eingeladen werde. Und lass bitte niemanden mehr verhungern. Im Namen des Vaters, des Sohnes und des Heiligen Geistes, Amen.« Ich betete in Gedanken, meine Hände unter dem Pult hatte ich so fest gefaltet, dass die Fingerkuppen rot angelaufen waren. Als ich fertig war, bekreuzigte ich mich unauffällig auf dem Oberschenkel, wandte aber zu keiner Sekunde den Blick von dem Casting-Team ab, das vorne an der Tafel stand und uns konzentriert begutachtete.

Meine Sitznachbarin Laura Weber blickte mit ihren langwimprigen, leuchtend blauen Augen siegessicher Richtung Tafel, drehte dabei eine ihrer blonden Locken um den Zeigefinger und erinnerte mich daran, dass ich chancenlos war, wenn Gott mir nicht half. Ich trug schnittlauchgerades, kurzes Haar und war über alle Maßen lang und dünn, weshalb ich beinahe auf meinem Rücken saß, so tief war ich heruntergerutscht, um neben Laura Weber nicht zu groß zu wirken. Meine Klassenkameraden nannten mich »Knäckebrot« oder »Salzstange«. Bereits vor Beendigung des Kindergartens war ich nicht mehr als niedlich empfunden worden, denn mein Gesicht hatte schon früh die kindlichen Züge verloren.

In der Sendung, die einen von uns berühmt machen würde, umschrieben Kinder Begriffe, die prominente Erwachsene erraten mussten. Meine Klassenkameraden hatten die Sendung schon oft gesehen, unser Haushalt aber war fernsehfrei. Nachdem meine Eltern sich dem biologisch-dynamischen Ernährungsprinzip zugewandt hatten, buken sie ihr Brot selbst, riefen eine Demeter-Fahrgemeinschaft sowie eine Biomilchholgruppe ins Leben und entfernten unseren Fernseher aus dem Wohnzimmer. Sie hielten ihn für ebenso gefährlich wie Weißmehl und chemisch behandelte Lebensmittel.

Ein Raunen ging durch das Klassenzimmer, als das Fernsehteam mich auswählte. Ich zitterte, als ich mich von meinem Stuhl erhob und Richtung Tafel schritt, während alle Blicke auf mich gerichtet waren. Ich weiß nicht, ob ich in meinem Leben je wieder so zufrieden war wie in diesem Moment. Ich dankte Gott und bekreuzigte mich in Gedanken.

Ein Jahr lang gingen meine Mutter und ich jeden Mittwoch um achtzehn Uhr voller Hoffnung zu unseren Nachbarn, den Cocciolos, klebten auf ihrer Kunstledercouch und sahen uns auf ihrem überdimensionalen Röhrenfernseher aus Kirschholz-Imitat die Sendung an. Ein Jahr lang gingen meine Mutter und ich, Hand in Hand und voller Enttäuschung nach Ende der Sendung nach Hause. Manchmal weinte ich, und auch durch Anrufe beim Sender konnten wir nicht herausfinden, wann ich endlich im Fernsehen zu sehen sein würde.

Sechzehn Monate später, kurz nach meinem zehnten Geburtstag, wurde ich schließlich angekündigt: »Die achtjährige Johanna Grün aus München erklärt uns den nächsten Begriff«, sagte der Moderator mit der halblangen Surferfrisur. Ich krallte mich vor Aufregung fest in den Arm meiner Mutter. Eine in die Jahre gekommene Ex-Skifahrerin mit eigener Sportmodekollektion sollte erraten, was ich umschrieb. Wir saßen mit offenen Mündern vor dem Apparat, sahen mein viel kindlicheres Abbild schüchtern, doch klug erklären, worum es sich handelte. Die Skifahrerin mit Doppelnamen drückte schon bei meinem vierten Wort auf den rot leuchtenden Knopf. Wir hofften, sie läge mit der Lösung falsch, das Standbild mit meinem Gesicht war nur mehr klein im Hintergrund zu sehen. Aber der Moderator spannte sie nicht lange auf die Folter: »Das ist richtig, dreißig Punkte«, sagte er, und dann war es vorbei. Mein Fernsehruhm dauerte exakt viereinhalb Sekunden.

In den nächsten Wochen sprachen meine Mutter und ich jeden, den wir kannten, und jeden, den wir trafen, auf meinen Auftritt an, doch ich war niemandem aufgefallen. Weder meine Klassenkameraden noch unsere Nachbarn, Freunde meiner Eltern, Bekannte oder Verwandte hatten mich im Fernsehen gesehen.

Ein paar Monate nach meinem Auftritt jedoch bekam ich einen Brief von einem Mädchen, das den gleichen Namen trug wie ich. Johanna Grün aus Martinsried, einem Vorort von München, war fast zehn Jahre alt, und wünschte sich sehr, mich kennenzulernen, schrieb sie. Sie war die Einzige, die mich wahrgenommen hatte, und dafür war ich ihr zutiefst dankbar.

Auf dem Weg nach Martinsried in unserem lauten, vanillegelben Opel Kadett Kombi passierten wir ein Niemandsland. Graue, hochgebaute Wohnanlagen mit Balkons Richtung Autobahn, eintönige, flache Rapsfelder erstreckten sich zwischen Möbel- und Teppichhäusern, Groß- und Baumärkten. Ich wurde nervös, sorgte mich, dass meine Namensvetterin ein hässliches Leben lebte und vielleicht sogar selbst nicht gut aussah. Doch nachdem wir die Ortsgrenze passiert hatten, wurden die Gebäude kleiner und die Farben einladender. Auf dem Parkplatz der Siedlung standen bunte Neuwagen, die zierlichen, jungen Bäume blühten, und die Wege aus Waschbeton waren sanft geschwungen. Musik drang aus den schattigen Wohnzimmern über die Balkonbrüstungen der dreistöckigen Häuser und Besteck klapperte. Ich sah eine neue, mir unbekannte Welt, und ich mochte diese Welt. Die dottergelben, dreistöckigen Häuser waren schlicht, aber mit geschwungenen Metallbrüstungen, geometrisch geformten Glaselementen und dreieckigem Metall-Dekor in aktuellen Knallfarben versehen, an den Außenwänden kletterten Clematis empor.

Als wir die Wohnung der anderen Grüns betraten, staunte ich über den blütenreinen Geruch des Fliesenbodens und die modernen Möbel. Sie hatten schwarze Designer-Glastürme, auf denen Zeitschriften und Souvenirs aus aller Welt präsentiert waren, Halogenfluter und sogar einen Deckenventilator. Johannas Eltern hatten sportliche, gesunde Körper und trugen hochwertige Freizeitkleidung in Pastellfarben, die ihre braun gebrannte Haut betonte. Der Vater hatte einen kleinen Bauch, der an Grillfeste denken ließ. Sie lächelten mit viel Zahnfleisch, als sie uns begrüßten, und wirkten dabei besonders bemüht, so als ob sie ein schlechtes Gewissen hätten. Sie konnten nicht verbergen, dass sie sich von der Familie einer Fernsehkandidatin etwas anderes erhofft hatten. Dabei hatten wir uns mit unseren Outfits solche Mühe gegeben. Meine Eltern waren einfach, aber stilvoll gekleidet. Ich trug meine hellblaue Karottenjeans, dazu mein blauweiß gestreiftes Matrosen-Shirt. Meine Mutter hatte es mir extra in einem Laden in Schwabing gekauft, und ich war stolz darauf, es war teuer gewesen. Meine nachwachsende Kurzhaarfrisur hatte ich mit etlichen Haarspangen gebändigt und meine Nägel mit lila Filzstift bemalt. Doch die andere Johanna, die nun langsam aus dem Kinderzimmer schritt, sah viel besser aus. Sie trug glitzernde Sandalen, einen gepunkteten Lack-Haarreif und ein kurzes, weiß-pink geblümtes Baumwollkleid mit gekreuzter Rückenpartie, das ihre schlanken, stark gebräunten Schultern zur Geltung brachte.

Die Grüns spielten Tennis und waren gerade erst zurück aus einem Urlaub, sagten sie, als wir unsere Bewunderung über ihren Teint zum Ausdruck brachten.

»Ach ja, wo waren Sie denn?«, fragte mein Vater.

»In der Türkei, im Club Robinson.«

»Ach, Club Robinson, ist das so eine Art Abenteuerclub?«, fragte meine Mutter. Die Grüns wirkten irritiert.

»Nein, das ist eine ganz tolle Ferienclubkette. Sehr zu empfehlen.«

»Ach so, aber schon mit Abenteuer?«

»Nein, warum?«

»Ich dachte nur, wegen Robinson und Robinson Crusoe.«

Nein, wie Club Med sei es, den würde meine Mutter sicher kennen. Sie bejahte, obgleich ich nicht glaubte, dass sie je davon gehört hatte. Wieder lächelten die Grüns und wirkten dabei, als sprächen sie mit ein paar Einheimischen, denen sie bei einem Minibus-Ausflug in Anatolien begegneten.

Ich kannte Club Robinson zwar auch nicht, aber ich kannte Club Med. Und Tennis und Cluburlaube waren für mich etwas Fantastisches und gleichzeitig Unerreichbares. Einmal im Jahr fuhren wir nach Österreich an einen See, in das Haus eines Bekannten, in dem wir umsonst wohnen konnten. Und oft regnete es dort. Früher war es mir nicht aufgefallen, dass das, was ich hatte, nicht genug war. Vor unseren Österreich-Reisen hatte ich sogar den Kinderferienpass der Stadt München mit großer Freude ausgekostet. Ich verbrachte wunderbare Nachmittage im Freibad, im Zoo und anderen städtischen Einrichtungen. Aber seit meine Klassenkameraden eine Fernreise nach der anderen unternahmen und über ihre Ferien in Kitzbühel und Frankreich sprachen, hatte sich meine Sicht der Dinge geändert.

Herr Grün jedenfalls verdiente offensichtlich mehr als mein Vater, der seit fünfzehn Jahren in seinem Schulbuchverlag keine Gehaltserhöhung mehr bekommen hatte. Vielleicht gaben die Grüns aber auch nicht all ihr Geld für Ernährung aus, so wie meine das taten. Herr Grün vertrieb Sanitärartikel und Sanitäranlagen für Restaurants und Hotels und arbeitete von zu Hause aus. Die Neubauwohnung war Eigentum, was meine Eltern mit einem Ausdruck der Bewunderung zur Kenntnis nahmen.

Während unsere Eltern sich durch einen Nachmittag ohne Gemeinsamkeiten arbeiteten, lernte ich Johanna und ihre Besitztümer kennen. Sie besaß eine Radiergummisammlung, die alles übertraf, was ich bis dato gesehen hatte. Und sie hatte einen eigenen Commodore Amiga, auf dem man »Pac Man« spielen konnte. Ich musste sie die ganze Zeit ansehen. Sie war so wunderschön mit ihrer mokkabraunen, schimmernden Haut, den dunkelbraunen, runden Augen und der modischfransig geschnittenen Frisur. Sie war selbstbewusst und elegant. Ihre leise Stimme ließ jeden ihrer Sätze bedeutungsvoll erscheinen. Es klang nicht gut, wenn ich mit meiner durchdringenden Stimme antwortete, also passte ich mich ihr an und redete am Ende noch leiser als sie.

»Aber das Törtchen-Radiergummi mit Kirsche hast du noch nicht, oder?«, flüsterte ich, als wäre es ein großes Geheimnis.

»Nein, leider nicht.«

»Ich hab es zweimal, ich schenk dir eins«, hauchte ich. Dabei hatte ich es nur einmal, aber ich wollte etwas besitzen, was sie nicht hatte, und das gleich doppelt.

»Gehen dir deine Eltern auch so auf die Nerven?«, fragte ich leise.

»Nein, die sind eigentlich ganz o. k.«

»Meine auch. Total eigentlich«, ruderte ich zurück.

»Ich meine, spitze sind meine auch nicht, aber o. k.«

»Ja, meine auch … Ich find es hier ja spitze irgendwie. Total anders als da, wo ich wohne«, sagte ich. Ich beneidete Johanna dafür, dass sie in Martinsried lebte und nahm es Gott gleichzeitig übel, dass ich nicht dort wohnen durfte.

»Echt spitze eure Wohnung und die Siedlung und alles«, wiederholte ich.

Nie zuvor hatte ich das Wort »spitze« gesagt, doch von nun an war es elementarer Bestandteil meines Wortschatzes. Es gab kaum mehr etwas Positives, was nicht spitze war. Nichts war mehr gut oder super, lecker, schön oder toll. Das Wort »Scheiße« existierte fortan auch nicht mehr, denn Johanna sagte »Kacke«.

Ein paar Monate später wechselte ich aufs Gymnasium, Johanna ging auf die Hauptschule, sie sollte später auf die Realschule gehen. Ich sah sie nur ein- oder zweimal im Monat, Martinsried war zu weit weg, und unsere Eltern waren sich nicht sympathischer geworden. Ich begann immer schon eine Woche vorher, mich auf unsere Treffen vorzubereiten. Ich suchte die Dinge heraus, die ich Johanna zeigen wollte, ich überlegte mir, worüber ich mit ihr sprechen wollte und dachte mir kleine Geschenke für sie aus. Wenn der Tag unseres Treffens gekommen war, überlegte ich stundenlang, was ich anziehen und wie ich meine Haare machen sollte.

Einmal nahmen mich die Grüns mit auf ein Popkonzert von Johannas Lieblingsband A-ha im Olympiastadion, die auch ich vergötterte, seit sie mir von ihnen erzählt hatte. Wir mochten auch Bros, Black und Rick Astley, und ihre Eltern versprachen uns, auch auf deren Konzerte zu gehen. Wenn Johanna mich besuchte, bauten wir uns oft einen Verschlag unter den Treppen zum Waschkeller in unserem Hinterhof. Wir saßen dort stundenlang und sangen die Lieder von A-ha, obgleich wir kaum Englisch verstanden. Manchmal lasen wir uns auch aus unseren Tagebüchern vor, und oft sprachen wir über Sex. Johanna hatte schon viel darüber herausgefunden. Sie wusste, dass man in einen Pimmel pusten konnte, und dass man davon nicht schwanger wurde. Und dass man sich die Zunge auch ins Ohr stecken konnte.

Ich war schon früh aufgeklärt worden, doch solche Details waren mir neu.

Dann verliebte sich Johanna. Er hieß Tobi und war zwei Jahre älter als wir. Als sie mir von seinen blonden Haaren und den knallgrünen Augen erzählte, sah ich gefährliche Katzenaugen vor mir und nicht das hübsche Lächeln eines Teenagers, der Johanna glücklich machen würde. Die Angst, sie zu verlieren, mein erstes starkes Gefühl der Eifersucht, wuchs mit jedem weiteren Wort, das sie über ihn und ihre Gefühle verlor. Ich dachte panisch darüber nach, dass Johanna, wäre sie erst mit Tobi zusammen, keine Zeit mehr für mich haben würde und wie leer mein Leben dann wäre. Ich war noch nie verliebt gewesen, ich hatte keine Ahnung, wie sich das anfühlte, doch ich nahm an, dass dieses Gefühl sehr groß war und alles andere, auch eine Freundschaft, zerstören könnte.

Ich sprach zu Gott, der mir zuvor immer ein verlässlicher Partner gewesen war. Er hatte mir sowohl die Levi's Jeans beschafft als auch die Möglichkeit, mit Johanna und ihren Eltern in einen Cluburlaub nach Süditalien zu fahren. Ich bat Gott, dass Tobi schwere Akne bekäme, sich in jemand anderen verliebte, Johanna vielleicht sogar schlecht behandelte oder dass er wegzog, weit weg, in eine andere Stadt. Ich bat ihn auch darum, dass ich Johanna dann trösten dürfte.

Doch Gott ließ mich im Stich, auch noch, als ich ihm zum Tausch alle Konsumartikel anbot, die er mir im letzten Jahr beschafft hatte. Sogar meinen Walkman. In den folgenden zwei Wochen bekam Tobi keinen einzigen Pickel und Johanna traf sich sogar einmal mit ihm. So beschloss ich, mir selbst jemanden zu suchen und diesen Jungen einfach zu lieben. Ich suchte mir Simon aus, der in der Schule zwei Reihen vor mir saß. Er war sehr hübsch, er war zwar nicht blond, dafür aber hatte er halblanges, braunes Haar. Nachdem ich ihn mir ausgesucht hatte, ging es ganz von selbst. Jeden Tag gefiel er mir besser. Ich unternahm noch keine Versuche, ihm näherzukommen. Fürs Erste reichte es mir, verliebt zu sein, auch wenn ich manchmal daran zweifelte, ob es eine handfeste, wahre Liebe war.

Nächtelang führte ich innere Dialoge, in denen ich vorbereitete, was ich Johanna von Simon erzählen würde. Ich musste ihr seine dunkelgrauen Augen beschreiben, seinen lockeren Gang und die vollen Lippen. Seine schöne Nase, seine Turnschuhe und auch, dass er Ferien auf Korsika und in Zermatt machte. Sein lautes, dreckiges Lachen und seine schlechten Noten, die ihn zu einem der Coolen machten. Ich stellte mir vor, wie ich die beiden einander vorstellte. Wie ich stolz war auf beide und sie mich dafür bewunderten, dass ich mich mit Leuten umgab, die so spitze waren. Ich malte mir aus, wie wir gemeinsam in der Siedlung abhingen oder Simon mit in unseren Verschlag nahmen. Wie wir zusammen coole Telefonstreiche machten und zu dritt, Arm in Arm, fernsahen.

Mit einem ganzen Buch im Kopf und einem Matchbeutel voller Kleider reiste ich das nächste Mal an, um bei Johanna zu übernachten. Ich trug meine pinke Röhrenjeans, die an den Oberschenkeln einschnitt, weil ich in den letzten Monaten einige Kilos zugenommen hatte, und mein Sweatshirt mit Strass, das meinen Busen kaschierte, der mir ein wenig peinlich war. Dazu türkisfarbene Espadrilles. Wir aßen Bistro Baguette mit Ketchup, blieben bis Mitternacht auf und sahen uns »Wetten dass …?« an. Und dennoch war ich die ganze Zeit angespannt, weil ich Johanna noch nicht von meiner Liebe erzählt hatte.

Als wir uns nachts in ihr schmales Bett legten, schossen die Worte nur so aus meinem Mund. Ich achtete darauf, leise zu sprechen, wie ich es immer in ihrer Gegenwart tat, und mittlerweile auch schon, wenn ich nicht mit ihr zusammen war. Ich redete so schnell, dass sich meine Worte fast überschlugen und mein Atem hörbar wurde.

»Hast du seine Haut schon mal angefasst?«, fragte sie.

»Nein.«

»Ich meine, nur so im Vorbeigehen drübergestrichen oder so?«

»Nein.«

»Ich würde Tobis Haut so gerne mal anfassen.«

»Ich auch Simons. Würdest du ihn eigentlich gerne küssen?«

»Ja, klar. Das wäre schön.«

»Ich möchte auch so gerne mal küssen.«

»Vielleicht werden wir ja niemals jemanden küssen. Das wäre doch schrecklich. Dann würde ich mich umbringen, glaube ich.«

»Ich mich auch.«

Wir sprachen eine Weile darüber, wie wir uns umbringen würden und malten uns doch aus, wie es wäre, wenn wir ganz viele Männer küssen, sogar mit ihnen schlafen würden.

»Aber das dauert noch viel zu lange bis dahin«, sagte Johanna.

»Sag so was nicht, das ist gar nicht mehr so lange hin«,

antwortete ich. »Ich habe doch sogar schon Schamhaare.«

»Ich hab nur zwei, das sieht komisch aus.«

»Zeig mal.«

»Nein.« Johanna sah mich scheu an.

»Doch, komm, ich zeig dir auch meine.« Ich zog meine enge Hose und meine weiße Unterhose herunter und
stellte meine circa fünfzig Schamhaare aus.

»Irgendwie komisch, oder?«, sagte sie, als sie sie betrachtete wie ein seltenes Insekt.

»Jetzt zeig mal deine«, sagte ich.

Sie errötete leicht, wand sich immer noch, stimmte
dann aber schließlich zu.

Ich konnte ihre Schamhaare nicht erkennen, also ging
ich nah heran.

»Na, da, weiter unten«, sagte sie.

Ich war so nah an ihrer Scham, dass ich den Geruch
nach Frühlings-Duschgel und nackter Haut, die nicht
atmen durfte, roch. Einen Geruch, den ich nicht mal
von mir selbst kannte.

»Sieht echt seltsam aus, wenn das nur so wenige sind«,
sagte ich leicht benommen.

Die einzelnen Härchen schienen direkt aus ihrer Vagi-
na zu kommen, trotzdem ekelte ich mich kein bisschen.

»Hmm, find ich auch.«

Johanna schien ein wenig neidisch auf meine Haar-
pracht im Schambereich.

»Ich hab ja auch schon Brüste«, sagte ich herausfor-
dernd, auch wenn ich vorher nie stolz auf sie gewesen
war.

»Na ja, ein bisschen«, sagte sie.

»Doch, schon ganz schön viel.«

»Zeig mal.«

Wir schoben beide unsere T-Shirts nach oben. Johanna trug einen bunten Baumwoll-BH, den sie schnell öffnete. Ihre Brust war am Wachsen, sie war noch sehr klein, doch man sah, dass es nicht mehr lange dauern würde, bis sie weiblicher geformt war. Mit Erstaunen nahm sie zur Kenntnis, dass ich über dieses Stadium schon lange hinaus war. Wir zogen uns wieder an, legten uns zurück ins Bett und starrten eine Weile an die Decke.

»Du könntest dir einfach vorstellen, dass ich Tobi bin, und ich stell mir vor, dass du Simon bist, und wir küssen uns«, schlug ich vor.

»Ich weiß nicht. Ich weiß nicht, ob ich mir das vorstellen kann.«

»Doch, das kannst du. Und dann küssen wir wenigstens schon mal und nicht erst irgendwann.«

Ich sah auf ihre roten, schmalen Lippen, roch den Brombeerbalm darauf und näherte mich langsam ihrem großen Mund. Ich hielt die Augen offen, bis ihre Haut und ihre Lippen zu einer Fläche verschmolzen und mir schwindlig wurde. Ich schloss die Augen und berührte Johannas gecremte Arme. Ihr Körper war angespannt. Wir küssten uns mit geschlossenem Mund, aber langsam wurden ihre Lippen weich, ihr Mund öffnete sich leicht, und ich ließ meine Zunge hineingleiten. Ich wusste nicht, wie Küssen richtig war, doch ich hatte großen Spaß daran, es herauszufinden. Johannas Zunge hing lasch in der Backentasche. Ich fuhr an ihren Zähnen entlang, stupste ihren Gaumen, betastete ihren Mund. Ich spürte, wie sich ihre Muskeln lockerten, ihr Körper neben meinem weich wurde wie Gummi. Dann bewegte sich ihre Zunge wie meine, mit einer kleinen Zeitverzögerung.

Wir setzten uns auf die Knie, und ich fuhr mit meinen Händen über ihre sportlichen Schultern und ertastete eine raue Stelle an ihrem Oberarm. Ich strich ihr durchs Haar und blieb dabei an einem kleinen Filzknoten hängen. »Aua!«, sagte sie und ich wollte am liebsten im Boden versinken. Auf einmal fühlte ich mich plump und ungeschickt und wurde mir meines Körpers bewusst, der nicht so schön, nicht so mager war wie ihrer. Ich sah ihre hervorstehenden Hüftknochen, ihre schlanken Handgelenke, ihre dünnen Finger und ihre himmellangen Beine und wurde tieftraurig. Doch sie strich jetzt über meinen Rücken und küsste mich wieder und ich dachte nicht mehr darüber nach. Ich betastete ihre Brüste durch ihr T-Shirt und verspürte den Drang, sie wirklich und nackt zu berühren. Aber ich hatte Angst, dass man davon lesbisch werden konnte. Ich kannte eine Lesbe aus der Milchholgruppe meiner Eltern. Sie trug blondierte, zu Stoppeln geschnittene Haare, Karottenjeans und Männer-T-Shirts. So wollte ich auf keinen Fall werden. Wenn ich nun Johannas Brüste berührte, war es wahrscheinlich nur eine Frage der Zeit, bis ich so wurde wie die Milch-Lesbe. Ich kämpfte so sehr mit meinen Gedanken, dass ich vergaß, weiterzumachen. Johanna richtete sich auf und sah mich an.

»Entschuldigung«, sagte ich leise, »ich habe gerade nur nachgedacht.«

»Ich auch«, sagte sie.

»Komm, wir machen weiter.«

»Ich weiß nicht.«

»Ein bisschen noch. Bitte.«

Schnell nahm ich Johannas Kopf in meine Hände und ließ meine Zunge wieder in ihren Mund gleiten, ich wollte jetzt keine Sekunde vertun, noch eine Chance würde ich nicht bekommen. Ich schob meine Hand unter ihr T-Shirt, streichelte ihren Bauch und tastete mich hektisch zu ihren Brüsten vor, die sich nicht schlecht anfühlten, nach dem innigen Wunsch, sie anzufassen, jedoch eine kleine Enttäuschung waren. Trotzdem zog ich ihr das T-Shirt aus. Sie kniete oben ohne vor mir, ohne dass ich sie ansah, ich traute mich nicht, ihre Brüste anzusehen, ich konnte sie nur berühren. Ich nahm ihre Hand und führte sie zu meiner Brust. Sie griff etwas zu fest zu. Dann steckte sie mir ihre Zunge ins Ohr und ich bekam Gänsehaut auf dem Rücken. Ich musste ein wenig kichern, denn das Gefühl war komisch. Ich streichelte sie weiter und wurde dabei immer schneller in meinen Bewegungen. Nun ließ ich meine Hand in ihre Jeans gleiten und roch die eingeschlossene Haut, den dezenten Geruch nach Mädchen. Ich war mir unsicher, ob das einen Sinn ergab, aber Johanna schien es zu gefallen, sie atmete lauter und schneller. So bemerkten wir nicht, dass Johannas Mutter ins Zimmer kam und uns, aller Wahrscheinlichkeit nach, mit entsetztem Blick ansah.

Ihre Eltern steckten uns bis zum nächsten Morgen in zwei verschiedene Zimmer.

Als meine Eltern mich abholen kamen, waren wir immer noch getrennt. Ich hörte Fetzen ihrer aufgeregten Diskussion. Ich glaube, Johannas Eltern gaben mir die Schuld und führten mein Verhalten auf die, wie sie es nannten, »Öko-Erziehung« meiner Eltern mit ihrem

»Freiheitsquatsch« zurück. Ich hörte etwas wie: »Von Vollkorn allein bekommt ein Kind keine Werte vermittelt« und die Proteste meiner Mutter, die sich sicher war, dass zu so etwas immer zwei gehörten und dass man die Kinder leben lassen musste, die Dinge ausleben lassen musste. Als wir Richtung Stadt an den traurigen Möbelmärkten vorbeirasten, weinte ich laute, perlengroße Tränen. Meine Mutter hatte sich zu mir nach hinten gesetzt und hielt mich im Arm.

Meine Eltern stornierten den Cluburlaub und ärgerten sich lange über das viele verlorene Geld. Ich verbrachte die Sommerferien zu Hause. Es war heiß und leer in der Stadt, alle waren verreist. Es roch nach Teer, und selbst der Verkehr war lahm und leise. Ich wollte keinen Ferienpass mehr, ich wollte überhaupt nichts mehr. Es gab nichts, was an einen Cluburlaub mit Johanna herangereicht hätte. Auch wenn ich mich mittlerweile dafür schämte, was wir getan hatten. Ich ging mit meiner älteren Schwester ins Freibad, sie guckte den Jugendlichen beim Fußball zu und traf ihre zahlreichen, männlichen Freunde, während ich in der Sonne litt, um braun zu werden und lustlos im Wasser planschte. Ich ging mit einem starken Sonnenbrand nach Hause und blieb für den Rest der Ferien in meinem Zimmer. Ich verfiel in meine erste jugendliche Depression und hörte nichts von Johanna. Nicht einmal eine Postkarte schrieb sie mir aus dem Urlaub, den wir eigentlich hätten zusammen verbringen sollen. Ich stellte mir vor, wie es wäre, jetzt dort in Süditalien zu sein und mit Plastikperlen Getränke zu kaufen und Surfunterricht zu nehmen. Ich langweilte mich fürchterlich. Ich schrie meine Eltern an und aß kaum mehr etwas. Nach ein paar Wochen beruhigte ich mich.

Kurz nachdem das neue Schuljahr begonnen hatte, sprach Simon mich an. Wir trafen uns öfter und wurden ein Paar. Es dauerte mehr als ein Jahr, bis wir uns das erste Mal küssten. Nach ihm kamen noch viele. Den ersten Sex hatte ich mit einer Urlaubsliebe in Portugal. Ich verliebte mich nie in eine Frau und heiratete mit sechsundzwanzig.

Heute lebe ich in einer anderen Stadt in einem Haus mit Garten. Wir haben Kirschbäume, einen alten Apfelbaum und eine Clematis, die sanft am Haus emporklettert. Ich habe ein Gemüsebeet angelegt und Stachelbeersträucher gepflanzt. Ich liebe Stachelbeermarmelade. Der Garten ist sonnig und alles gedeiht. Ich habe einen grünen Daumen, sagt mein Mann. Selbst eine tote Pflanze kann ich wieder lebendig machen.

Vor ein paar Monaten habe ich meine Eltern in München besucht. Als ich in Schwabing einkaufen ging, sah ich sie. Ihr Gesicht hatte sich kaum verändert und sie war immer noch sehr braun. Aber sie trug Ledersandalen, abgetragene Leinenhosen, einen Rucksack und ein Tuch im schwarz gefärbten Haar. Sie war mit einem blassen, mageren Mann unterwegs, der ebenso in Leinen gekleidet war.

Wenn ich in den vielen Jahren, nachdem wir uns das letzte Mal gesehen haben, an sie dachte, habe ich Waschmittel, Zitrone oder den fruchtigen Lippbalm aus den kleinen Döschen gerochen, und manchmal auch den Geruch von eingeschlossener Haut zwischen den

Beinen. Sie war in meinen Gedanken zwar älter geworden, aber sie war immer rein und schön, braun gebrannt und farbenfroh gekleidet geblieben. Wohlhabend, frisch gewaschen und gebügelt. Sie war wie ein poliertes Glasregal, ein frisch gemähter Rasen oder ein neu gepflanzter Baum zwischen Reihenhäusern.

Ich beobachtete, wie sie sich eine Zigarette anzündete und sich am Haaransatz kratzte. Johannas Haut war ölig, sie sah aus, als würde sie um die Welt reisen und erinnerte mich an das Fernweh, das mich in letzter Zeit oft befiel. Als sie näher kamen, senkte ich den Kopf, sah wieder auf, und sie blickte mich an. Wir lächelten kurz, und dann gingen wir langsam aneinander vorbei.

TOUCH ME,
TOUCH ME NOW

Das wenige Licht, das durch das Fenster in die Souterrainwohnung fiel, bildete eine Raute vor Bopha Krajic, die auf den Fahrstuhl wartete. Sie stellte ihren großen Fuß in das Viereck und betrachtete den Glanz ihrer Nylonstrumpfhose.

Das tadellos getünchte Einfamilienhaus im schlichten Stil der späten Achtzigerjahre befand sich in einer Vorortsiedlung von Frankfurt, hatte zwei Stockwerke plus Keller und Fahrstuhl. Denn Bophas Schwiegermutter, Marijana Krajic, war der Meinung, man müsse davon ausgehen, im Alter nicht mehr laufen zu können. Obgleich das bei ihr noch an die vierzig Jahre dauern konnte, hatte sie den Aufzug gleich einbauen lassen, so musste sie keinen weiteren Gedanken mehr daran verschwenden.

Mit einem *Bling* öffnete sich die Fahrstuhltür vor Bopha und ihre Schwägerin Anja stieg aus. Sie trug die Müdigkeit einer jungen, schwangeren Mutter im Gesicht. Sie stellte ihren Wäschekorb ab, und die beiden umarmten sich. Anja war aus dem Haus nie ausgezogen, ihr ganzes Leben hatte sich darin abgespielt. Erst einmal war sie ohne ihre Familie verreist, sie hatte eine Maltareise mit einer Cousine unternommen. Dort hatte sie Massimo, den Vater ihres zweijährigen Jungen kennengelernt, einen Italiener mit dem Körper eines Cornettos. Er war ein Vorstadt-Florentiner, dessen Eltern Bademoden vertrieben und wesentlich weniger reich waren, als er sie beschrieb. Gerne sprach er davon, dass sie drei Garagen besaßen. Dieser Überfluss an Auto-Unterstellplätzen machte für ihn den Unterschied. Die Krajics zum Beispiel hatten nur eine Doppelgarage.

Massimo wohnte seit ein paar Jahren bei den Krajics und arbeitete am nahegelegenen Flughafen. Er transportierte alte und behinderte Menschen mit dem Club Car, einem kleinen Elektroauto, von Gate zu Gate. Der Wagen machte ihn immer noch ungeduldig, weil er so langsam war, und die Menschen, die dauernd im Weg standen, ebenso. Massimo hupte viel, wenn er durch die endlosen Gänge des Flughafens glitt. Morgens aber bretterte er mit seinem BMW, den ihm seine Eltern zur Geburt seines Sohnes geschenkt hatten, die fünf Minuten zur Arbeit, hörte dabei eine 80er-Jahre-Hit-Collection, drückte bei »Touch me, touch me now« auf die Repeat-Taste, fühlte tiefe Zufriedenheit und freute sich bereits auf die Rückfahrt am Abend, die ihn mit derselben Geschwindigkeit nach Hause bringen würde.

Anja war einmal in Massimo verliebt gewesen, so wie nur Teenager es sein können. Auf Malta war er sogar die Liebe ihres Lebens gewesen, obgleich sie vorher nie eine Liebe gehabt hatte. Sie hatten viel Sex, das war ihr wichtig. Aber je älter sie wurde, desto weniger mochte sie ihn. Kürzlich hatte sie herausgefunden, dass sie lieber allein war, doch bevor sie Massimo dies mitteilen konnte, stellte sie fest, dass sie wieder schwanger war. Sie war jetzt im fünften Monat und eine schöne Schwangere. Ihre kastanienbraunen Haare glänzten, ihre Augen waren sehr blau, wenn auch matt, ihre Haut vom wenig ausschweifenden Leben glatt und feinporig, und die Schwangerschaftskilos ließen sie noch jünger aussehen.

Massimo wollte allerdings nicht mehr mit ihr schlafen, denn er war der Meinung, dass es nicht gut sei für das Kind, wenn sie einen Orgasmus hätte. Er stellte sich sein armes kleines Kind vor, das von einer Art Erdbeben erschüttert wurde und dabei aus Versehen Fruchtwasser schluckte.

So machte die Schwangerschaft alles noch schwieriger, denn Sex war für Anja das einzige Interesse, das sie mit Massimo teilte. Wie und wie oft sie miteinander schliefen, hing weder mit ihren Gefühlen noch mit ihrer Stimmung zusammen. Ihr Körper schien in dieser Hinsicht einfach nicht mit dem Geist in Verbindung zu stehen. Massimo sah das anders, er verstand sich fabelhaft mit Anja.

Bopha hielt ihr Gesicht ins Licht und spürte die Wärme auf ihren Wangen. Für einen Moment sah sie aus wie eine exotische Madonnenerscheinung. Im nächsten Moment aber zog sie ihre Schultern ein und streckte ihren Hals wie eine Schildkröte nach vorne, denn sie war einfach zu groß für den Fahrstuhleingang. Die Türen schlossen sich mit dem *Bling*, das Bopha so gefiel. Es fühlte sich an, als würde der Fahrstuhl sie gleich in der Kosmetikabteilung eines Kaufhauses ausspucken.

Sie hatte sich, wie immer, mit Hingabe schön gemacht. Ihre schmalen, wohlgeformten Augen waren dick schwarz umrandet, der Lippenstift glänzte lila und war einen Tick zu dick aufgetragen, ihre Haut war gepudert und matt wie eine Raufasertapete. Sie trug einen engen knielangen Rock, ein ausgeschnittenes Top, das ihre perfekten Kugel-Brüste betonte, eine falsche Louis-Vuitton-Tasche und Pumps mit Pfennigabsätzen, für die sie litt. Von vorne war ihr Körper ideal, doch ihr Po war ein flaches, breites Brett.

Sie stieg aus dem Lift und stand in der Wohnung ihrer Schwiegereltern Marijana und Darko Krajic, durch die sie gehen musste, um zum Ausgang zu gelangen. Sie verabschiedete sich mit Küssen und liebevollen Worten: »You have a wonderful day, my dears, ciao ciao!«, und ihre Stimme fiel kurz in einen tiefen Bass, bevor sie sich wieder fing. Bopha war die Jahre in diesem Haus immer glücklich gewesen. Sie war nicht mehr in Kambodscha, und sie hatte einen starken und sturen kroatischen Ehemann mit einer bezaubernden Familie. Den Krajics war auf eine wunderbare Weise alles egal, womit sich andere Menschen herumplagen konnten. Ärger und Misserfolge schienen einfach an ihnen abzuperlen wie Wasser auf der Haut des geölten Italieners. Ihr inneres Gleichgewicht schien nicht von äußeren Umständen abzuhängen, vielleicht fiel ihnen deshalb alles so leicht. Sie schöpften ihr Glück daraus, eine Familie zu sein und sich gegenseitig in Ruhe zu lassen. Mit Gleichmut und ohne Ehrgeiz machten sie ihren Weg nach oben. Sie waren einmal als Asylanten nach Deutschland gekommen, hatten geputzt und geschuftet und schließlich die gut laufende Minigolfanlage mit Kinder-Country-Club und Veranstaltungshalle und damit ein besseres Leben gepachtet.

Marijana Krajics frisch gesträhnte Haare waren vom Schlaf auf einer Seite platt gedrückt, als sie ihrem Enkel Frühstück machte. Sie sah sexy aus in ihrem knappen Nachthemd, aber nicht, weil sie irgendwelchen Idealen von Schönheit genügte. Sie war sehr füllig, und das Alter hatte ihr Bindegewebe schwach gemacht. Doch ihre Bewegungen waren kräftig und dabei geschmeidig, ihre Haltung aufrecht und ein anziehender Ausdruck von Stolz ging von ihr aus. Sie machte dem Kleinen Spiegeleier mit Speck, aber er zog die leuchtend blauen Gummischlümpfe vor, die er auch bekam. Seit Marijana im Großmarkt die Süßigkeiten-Großhandelsboxen entdeckt hatte, war der Junge glücklich wie nie zuvor. Sprühsahne aus der Dose mochte er ebenso gerne, und wenn er wollte, ließ sie ihn auch mal Zuckerwürfel lutschen. Sie war der Meinung, man sollte den Kindern die Dinge geben, die sie sich wünschten. Das hatte sie bei ihren eigenen auch so gemacht und damit eine über-dimensionale gegenseitige Liebe geschaffen. Sie freute sich über den großen Appetit des Enkels, der ihrer Liebe zu verdanken war. Die Eier servierte sie ihrem Mann, er aß meist, was übrig blieb. Das störte ihn nicht weiter. Als sie ihm den Teller hinstellte, sah sie ihn lange an, doch Darko wandte sich, ohne aufzusehen, seinem Teller zu. Er schenkte Marijana nicht mehr allzu viel Beachtung, die Sicherheit ihres Alltags hatte ihn zu gemütlich gemacht für große Gefühle.

Da Bopha es immer abgelehnt hatte, in der Minigolf-anlage der Krajics oder der dazugehörigen Gaststätte zu arbeiten, arbeitete sie am Flughafen wie Massimo und auch ihr Mann Stefan, der Hilfskraft im Gepäckbereich war. Eine Arbeit, die er hasste und nur auf Drängen seiner Eltern angenommen hatte, die ihm nicht länger das Leben finanzieren wollten. Alle waren der Meinung, für ihn, der so stark war, sei das mit dem Gepäck die richtige Aufgabe.

Bopha setzte sich, wie jeden Morgen um sieben, in ihren weißen Toyota und fuhr die fünf Minuten an diesen Ort, der für sie die weite Welt bedeutete. Sie legte eine Kassette mit blechernen Popsongs aus ihrer Heimat ein und sang mit sonorem Timbre mit. Sie liebte ihren Job. Wenn sie mit ihren großen Händen die Tabletts durch die Business-Lounge trug und dabei auf die Geschäftsleute mit ihren Laptops hinunterblickte, fühlte sie sich wie eine Stewardess und wusste, dass sie angekommen war. Sie war sich sicher, dass sie jederzeit mit einem der Manager aus London oder Sankt Petersburg hätte schlafen können, und es tat ihr gut, das zu wissen, auch wenn sie Stefan nie betrogen hätte. Stefan war gut und er war alles, was sie hatte.

Anja leerte die Waschmaschine im Souterrain, die sie am Morgen um fünf per Fernsteuerung aus dem Bett gestartet hatte. Sie hörte, wie ihr Sohn oben im Haus seine Oma anschrie, als sie die Maschine mit Massimos Lacoste-Shirts neu befüllte. Massimo kam heruntergefahren, er nahm nie die Treppen. Er stieg aus dem Lift, stellte sich hinter sie und legte seine Arme fest um ihre Brust. Sie bekam Gänsehaut auf den Oberarmen, als er ihre Ohrläppchen küsste. Es war immer die Rückseite ihrer Oberarme, die auf ihre Ohren reagierte, egal, ob es schön war oder wie jetzt unangenehm. Sie dachte darüber nach, wie es kam, dass die gleiche körperliche Empfindung durch etwas Gutes oder Schlechtes hervorgerufen werden konnte. Er knabberte an ihrem Ohr, und jetzt spürte sie etwas an den Haarwurzeln, als kämmte ihr jemand das Haar gegen den Strich. Sie füllte weiter die Maschine und Massimo blieb hinter ihr, beugte sich mit ihr hinunter. Sie verstand nicht, warum er auf einmal wieder mit ihr schlafen wollte und darüber hinaus außerhalb des üblichen Rhythmus. Wie sein Rosmarin-Huhn mit Gemüse, das er immer vor neunzehn Uhr aß, fand auch der Sex normalerweise nach exaktem Zeitplan statt. Alle zwei Tage nach Schichtende. Da Massimo und Bopha teilweise zu den gleichen Zeiten arbeiteten, hatte es an vielen Abenden im Hause Krajic eine halbe Stunde der Stille gegeben, die nur von Darko und Marijana Krajic und dem Kleinen durchbrochen wurde.

Als keine Wäsche mehr übrig war, die Anja noch hätte in die Maschine füllen können, versuchte sie Massimo zu erklären, dass ihr der Sinn jetzt nicht nach Sex stand, aber er war der Meinung, dass sie, wenn er sie erst einmal mit seiner dynamisch-italienischen Zunge leckte, mit Sicherheit Lust bekäme.

Anja ärgerte sich, dass ihre Gefühle nun anscheinend doch mit ihrem Körper in Verbindung getreten waren. Früher hatte sie immer Spaß daran gehabt, mit Massimo zu schlafen, auch noch zu dem Zeitpunkt, als sie bereits alles an ihm aggressiv machte. Wie er sprach, wie er lachte, wie er aß, und sogar, wie er schlief. Sie fand, er wirkte sogar dabei blasiert, als könnten andere nicht so gut schlafen wie er. Was sie allerdings überraschte, war die Tatsache, dass er kein schlechter Vater war, wenn man von ein paar kleineren Aussetzern absah wie dem

Tarnanzug, den er dem Kleinen zum zweiten Geburtstag geschenkt hatte.

Bopha parkte ihren Toyota in der Doppelgarage und lief auf ihren hohen Schuhen mit großen Schritten ins Haus. Wie immer, wenn Stefan zu Hause war, betrat sie das Souterrain, küsste ihn, zog sich aus, und sie schliefen miteinander. Der Ablauf war routiniert und dennoch leidenschaftlich. Sie neigten nicht zu romantischen Gefühlen oder gaben sich hin, es war geradlinig und ehrlich. Bopha war immer zu allem bereit gewesen, ein Grund, weshalb Stefan sich in sie verliebt hatte. Und er liebte ihre prallen Brüste, ohne dass er gewusst hätte, dass sie nicht echt waren. Er liebte ihre langen Beine, ohne dass er bemerkt hätte, dass Bopha zu groß war für eine Kambodschanerin, und er liebte ihr rundes Gesicht, mit dieser ungewöhnlich runden Stirn, ohne dass er verstanden hätte, dass die Weichheit unterspritzt war. Stefan hegte wenig Zweifel an den Dingen. Er ruhte in sich, war glücklich und selbstbewusst, abgesehen von der Langeweile, die ihm seine Arbeit bescherte. Ansonsten aber gab es ausreichende Gründe für ihn, zufrieden zu sein. Nicht nur seinen eigenen Körper, sondern allen voran den von Bopha, seiner schönen Frau. Es erfüllte ihn mit Stolz, dass sogar Massimo sie ständig ansah und sie bellissima Kambodscha nannte, als wäre sie ein Land.

Massimo hatte irgendwann vorgeschlagen, dass sie alle zusammen nach Kambodscha reisen sollten, um Bophas Familie zu besuchen. Doch Bopha hatte keine Lust. Sie hatte Stefan nie viel über ihre Eltern erzählt, wahrscheinlich mochte sie sie einfach nicht.

Anja stand in der Gaststätte der Anlage und wischte langsam und abwesend die Tische. Der feuchte Lappen roch brackig, sie sollte ihn einmal wechseln, dachte sie. Der frisch renovierte Raum mit den verglasten Fronten war fast leer, es roch immer noch nach Farbe und neuen Furniermöbeln, das Mittagslicht war milchig und blendete sie. Der neue Platzwart setzte sich an den Tresen und bestellte bei ihrem Vater ein Bier. Er war kaffeebraun, doch wenn er seine Arme bewegte und sein Polohemd nach oben rutschte, sah man die Linie, über der die Haut weiß wurde. Nur ein bis zwei Zentimeter Übergang von dunkel zu hell, in denen alle Abstufungen von Brauntönen die harte Linie verwischten. Er war eben immer draußen. Er war nicht mehr jung, doch sein Gesicht wirkte noch älter, als er eigentlich war, die Sonne hatte es ausgetrocknet. Als Anja hinter den Tresen kam, sprach er sie leise an. Er hatte sie schon ein paarmal beobachtet. Schwangere Frauen hatte er schon immer bewundert, und ihre hohen Wangenknochen faszinierten ihn.

Stefan sagte: »Woah geil«, und legte sich auf die Seite. Noch während er mit Bopha geschlafen hatte, sagte er ihr, dass er sie liebte. Er tat das gerne, und sie mochte es, dass er es so oft sagte, weil er es ernst meinte. Vor ihr hatte er auch schon hübsche Frauen gehabt, es war ihm immer leichtgefallen mit ihnen. Doch Bopha war einfach so wie er selbst. Sie hatte ihn noch nie wahnsinnig gemacht wie die letzte Freundin. Sie hatte keine Fehler wie die vorletzte, die jeden Abend in die Disco wollte und allzu gerne Kokain schnupfte. Und sie hatte sich niemals zu sehr um ihn gekümmert, eine Sache, die ihm wichtig war.

Anja stand in der Gaststätte und beobachtete durch die Terrassentüren den Platzwart, der gerade Rasen mähte. Sie mochte, wie er sich bewegte. Sein Gang war lässig und männlich. Er war schmal, sehnig und groß, das Gegenteil eines Cornettos. Bald setzte er sich wieder an die Theke und flirtete mit ihr, wie er es nun immer tat. Am Nachmittag ging sie mit ihm in seine kleine, moderne Wohnung in einer anderen Siedlung des Vorortes. Als sie sich auszogen, stellte Anja fest, dass er immer noch aussah, als trüge er Shorts und T-Shirt. Sie musste lachen und steckte ihn damit an. In diesem Moment dachte sie, er sei der Richtige. Sie lachte mit ihm, das hatte sie mit Massimo eigentlich nie getan. Es gefiel ihr, dass er einfach vorbeigekommen war, denn Anja würde sich nie von diesem Ort wegbewegen, um etwas Neues zu finden. Sie schlief nun mehrmals die Woche mit dem Platzwart, und auch wenn das Lachen weniger wurde, war er viel besser als das, was sie hatte.

Als Bopha nach der Arbeit nach Hause kam, war alles anders als sonst, was sie irritierte. Die Vorhersehbarkeit der Dinge gab ihr ein Gefühl der Sicherheit, sie mochte keine Veränderung, davon hatte sie in ihrem Leben vor Stefan genug gehabt. Stefan saß am Tisch und lächelte sie an. Dankbar und gleichzeitig milde, ja, fast pädagogisch war dieses Lächeln, wenn man das bei Stefan so sagen konnte. Er wollte heute nicht, dass sie sich auszog. Er nahm sie in seine großen Arme, setzte sie auf seinen Schoß und strich ihr über das schwarze Haar. Er konnte jedoch nicht verhindern, dass sein Schwanz unter ihrem Hintern hart wurde. Bopha machte sich bereit, sich auszuziehen, aber Stefan bat sie, sich auf den anderen

Stuhl zu setzen. Er hielt eine Art Ansprache, auf die er sich innerlich vorbereitet zu haben schien: »These days I thought a lot about us. And I thought I want to have children and I want that now as there is no reason against it.« Bopha suchte panisch nach einer Antwort und sagte nur: »O. k.« Nach ein paar Sekunden hängte sie noch ein leises »No problem« an. Ob sie nun damit anfangen könnten, fragte er. Es war eine rhetorische Frage, wenngleich ihm auffiel, dass Bopha irgendwie komisch reagierte. Sie lächelte doch sonst ständig. Immerhin hatte sie O. k. gesagt, das war gut, und langsam zogen sich ihre Mundwinkel nun doch nach oben, sehr weit sogar. Fast bis an die Wangenknochen. Ihr Kinn senkte sich lieblich, ihre Augen zogen sich zu schmalen Streifen zusammen. Stefan war zufrieden. Vielleicht war das ja auch nur wieder so eine kulturelle Sache, dass sie bei so wichtigen Dingen verspätet lächelte. Er versuchte sich zu erinnern, wann sie gelächelt hatte, als er ihr gesagt hatte, dass er sie nun endlich heiraten würde.

Massimo lag auf einem Liegestuhl auf der frisch gefliesten Terrasse. Er sonnte sich, die Augen fest zusammengekniffen, die Shorts in die Leisten gezogen. Wäre er kein Italiener gewesen, hätte er sich nackt gesonnt. Es duftete nach Hawaiian Tropic Kokosnussöl, und als Anja ihm die Hand auf die Schulter legte, rutschte sie ab. Sie wiederholte die Geste und sagte:

»Massimo, I have to talk to you.«

»Not now, honey, I relax.«

Sie stellte sich vor ihn, er ärgerte sich, dass sie ihm das Sonnenlicht nahm:

»Come on. Only day good weather in Germany.«

»But I really have to talk to you.«

»Honey, calm down, later, o. k.?!«, sagte er bestimmt.

»Massimo, we have a problem.«

»No, no problems. Relax.«

Anja sah ihm streng in die Augen.

»I met another man«, sagte sie tonlos.

»But you are pregnant!«

»I know. But I want to separate.«

»Are you serious?« Massimo schien die Tragweite der Situation nicht ganz zu erfassen: »But I love you.«

»You love only your car and I don't want to live with you anymore.«

»Really?«, fragte er schlicht, zu überrascht, etwas Sinnvolleres hervorzubringen. Anjas Sätze ließen wenig Diskussionsspielraum zu, wie er verärgert feststellte.

»But we are going to have another child.«

»But I love the other guy. I fuck with him.«

Ruckartig stand er auf und beschimpfte sie, etwas anderes fiel ihm nicht ein. Dann beschimpften sie sich eine Weile gegenseitig, bis Anja ins Haus zurückging. Er folgte ihr und erklärte, er würde dieses Haus nicht verlassen, dann sonnte er sich wieder.

Als er Anja später fragte, warum sie ihn nicht mehr mochte, gab sie ihm keine Antwort. Nicht zu fragen war stets die Basis dieser glücklichen Familie gewesen, und niemand hatte jemals das Bedürfnis verspürt, Antworten zu geben.

Am nächsten Abend erschien Massimo ganz selbstverständlich zum Familienessen, zu dem Stefan alle eingeladen hatte. Er sah sich weiterhin als Teil der Familie, hatte er doch den gesamten Nachwuchs der Krajics gezeugt.

Der Kleine schrie vor Wut, weil er weder Reis noch Gemüse essen wollte. Doch die Krajics ließen sich, wie immer, nicht aus der Ruhe bringen. Bopha hatte kambodschanisch gekocht, sie war eine hervorragende Köchin. Die Krajics aßen und sprachen wild durcheinander, doch plötzlich klopfte Stefan mit dem Messer an seinem Glas herum und niemand verstand, was er damit erreichen wollte. Schon allein, weil er so etwas noch nie getan hatte. Sonst wurde er einfach lauter als alle anderen, wenn er etwas zu sagen hatte. Und so senkte auch niemand die Stimme, bis Stefan sagte: »Hey, gibt's hier vielleicht irgendjemand, der mir auch mal zuhört?« Doch niemand beachtete ihn. Bopha und Massimo schäkerten weiter, Anja versuchte ihr Kind zu einem Stück Zucchini zu überreden. »I have to say something important!«, sagte Stefan, stand auf und verkündete feierlich, dass Bopha und er beschlossen hätten, ein Kind zu bekommen. Zum ersten Mal herrschte im Hause Krajic wirklich Stille. Sogar der Kleine war auf einmal ganz ruhig. Darko Krajic und seine Tochter Anja blickten Stefan fassungslos an. Marijana richtete ihren Blick auf Bopha, die ein Gesicht machte, als habe die Familie in der Sekunde auf den Auslöser einer Kamera gedrückt, um ein Erinnerungsfoto zu schießen. Doch ihr Lächeln konnte die Scham in ihrem Blick nicht überdecken. Nur Massimo grinste fröhlich vor sich hin und verstand die Stille ebenso wenig wie Stefan.

Darko Krajic fühlte einen bitteren Schmerz. Er empfand Mitleid für sein großes Kind, doch er fragte nicht und gab keine Antworten.

Stefan wunderte sich nun wirklich, dass immer noch keiner etwas sagte, bis er schließlich ein zögerliches

»Toll, wie schön!« von allen Seiten vernahm und zufrieden war. Er öffnete eine Flasche Prosecco, sie erhoben die Gläser. »Živjeli!«, rief Stefan und sah seine Frau an, die ihre Mundwinkel noch immer in voller Automatik bis zu den Wangenknochen hochgezogen hatte.

MOONSHINE

»Oma ist tot«, sagte mein Vater.

»Wirklich? Wieso ist die tot?«, nuschelte ich in den Hörer, als hätte er mir gerade gesagt, dass es bei Penny Radieschen für neunundneunzig Cent gibt. Er spricht gerne über Essen und Einkaufen.

»Das weiß ich jetzt auch noch nicht«, sagte er, aber er klang nicht einmal betrübt, da er seiner Mutter schon immer seine Kindheit übel genommen hatte und auch nicht daran dachte, sie ihr im Tod zu verzeihen: »Wir müssen nach Schweinfurt fahren.«

»Warum wir? *Du*.«

»Kannst du bitte mitfahren?«

»Ich bin mir sicher, die hätte nicht gewollt, dass ausgerechnet ich mich um ihre Beerdigung kümmere. Ich hab die doch seit mindestens fünfzehn Jahren nicht mehr gesehen.«

»Jetzt siehst du sie ja auch nicht mehr.«

»Ja, aber ich möchte dort nicht hin.« Ich erinnerte mich wenig an meine Großmutter und ihren Mann, vielmehr an ihre Wohnung und an Schweinfurt, die hässlichste Kleinstadt Deutschlands, in der es nicht mehr gab als eine Kugellager-Fabrik und eine US-Base. Wer nicht dort arbeitete, war arbeitslos.

Schweinfurter können kein T und kein P aussprechen,

ihr Dialekt ist so weich, dass er die Menschen kraftlos wirken lässt. Ich wurde schon als Kind traurig davon, wie klein es sie machte, wenn sie sprachen. Ich reagiere sensibler auf Orte als auf Menschen. An einem schönen Ort kann ich fast jeden ertragen, doch ich halte kein Treffen aus, selbst mit den wundervollsten Menschen, wenn ich den Ort nicht mag. Jeder Bahnhof und jeder Flughafen, jede Toilette und sogar Seitenstraßen erzeugen in mir ein starkes Gefühl, das entweder gut oder schlecht ist. Ich kenne keine neutralen Orte.

In der Nähe meiner Wohnung gibt es eine Straße namens Lottumstraße. Immer, wenn ich durch diese Straße ging, deprimierte mich das. Ich fing an, Umwege zu laufen, denn manchmal erholte ich mich einen ganzen Tag nicht davon, dort entlanggegangen zu sein. Selbst schöne Plätze wie der Atlantik können mich psychisch aus dem Gleichgewicht bringen. Und nun musste ich ausgerechnet nach Schweinfurt, wo ich doch schon Paris nicht ertragen konnte. Der zwingende Grund war die Tatsache, dass mein Vater kein Englisch und mein Stiefgroßvater kein Deutsch sprach.

Ohi, der Mann meiner Großmutter, hieß eigentlich Ohiyesa Lawrence Roberts, was »Gewinner« bedeutet, er war Sioux-Indianer aus North Dakota, der nach dem Krieg als GI nach Deutschland gekommen war. Aus diesem Grund hatten meine Großeltern in Schweinfurt, dieser Stadt im Nirgendwo, gelebt. Sie hatten sich Anfang der Fünfzigerjahre kennengelernt, mein Vater war damals dreizehn und sein Vater war kurz vor Kriegsende der Stalinorgel zum Opfer gefallen. Sofie, meine Großmutter, heiratete Ohi zügig, doch Kinder bekamen sie nicht. Sofie sprach kaum Englisch und lernte es auch nie,

Ohi sprach kein Deutsch und lernte es ebenso wenig. Sie kommunizierten in einem seltsamen Sprachen-Durcheinander aus Bayerisch und Amerikanisch: »Ohi, you wont Weißwürscht?«, fragte sie ihn. »And some Kartoffel-salad«, antwortete er.

Ohi war dick, trug blauschwarzes, dichtes Haar, hatte vom vielen Trinken rote Haut und darüber hinaus schon einige Zehen weniger, die ihm amputiert werden mussten, weil er trotz Diabetes weitersoff. Ich hatte die beiden selten gesehen und fragte mich jedes Mal, worüber sie sich austauschten, und ob es vielleicht einfach eine große körperliche Liebe war, welche sie verband, obgleich ich mir das bei meiner Großmutter ungern vorstellte, wie ich auch meine Eltern gedanklich immer als asexuelle Wesen begriff.

Wir hielten vor dem achtstöckigen Fünfzigerjahre-Bau, in dem meine Großmutter schon immer gelebt hatte, jedenfalls kam mir das so vor. Aus den Wolkenkratzern meiner Erinnerung waren Wohnhäuser geworden. Doch die Elsa-Brandström-Straße war noch immer ein westdeutscher Plattenbau-Light-Komplex mit Parkplätzen wie vor Einkaufszentren. Die Häuser leuchteten weiß, die Balkone scharlachrot, der Asphalt war kieselgrau und rein und die Parkplatzlinien nahmen das Rot der Balkone wieder auf. Als wir in das Haus traten, schlug mir der Krankenhausgeruch entgegen, den ich so gut zu kennen schien, dass es mich schüttelte. Der Fahrstuhl fuhr noch immer mit der alten Geschwindigkeit, die ein mulmiges Gefühl in meinem Magen hervorrief, und die Klingel hatte ihren lange surrenden Ton behalten, den ich nur von hier kannte. Ein Ton, der für mich stets amerikanisch geklungen hatte.

Ohi öffnete abwesend die Tür, sein langärmeliges Rippenunterhemd war fleckig und seine mittlerweile silbergrauen Haare standen fettig in alle Richtungen. Er sah aus wie ein Obdachloser aus Downtown L.A. und bat uns nicht herein, sondern drehte sich um und schleppte seinen schweren Körper zu seinem Bier und dem Sessel zurück.

Wir schlichen in das kleine Apartment und standen mit hängenden Armen im Wohnzimmer herum. Um meine Unsicherheit zu überspielen, blickte ich mich interessiert um. Es hingen die gleichen Bilder an den Wänden wie damals: Ohi als Footballspieler, das kolorierte Hochzeitsbild des Paares, auf dem sie so entrückt lächelten und Franz Josef Strauß. Aber nun auch überraschend viele Fotografien von meinem Bruder und mir. Wir lächelten aus allen Ecken des Raumes, von Kommoden und Ablagen herunter und hinter Glas hervor. Wir lächelten in unseren cordbezogenen Kinderwagen und im bescheidenen Kommunionsanzug, in Benetton-Polohemden mit Karottenhosen und Stoppelfrisur und mit gestuftem Bob bei der Abiturfeier. Ich erschrak. Ich war immer davon ausgegangen, dass meiner Großmutter nicht viel an mir gelegen hatte, und entsprechend wenig lag mir an ihr. Doch sie hatte sich immer an uns erinnern wollen. Vielleicht war sie auch stolz auf uns gewesen. Ich erinnerte mich wieder an die mit amerikanischen Lebensmitteln gefüllten Pakete aus dem Kasernen-Supermarkt, die sie uns regelmäßig geschickt hatte. Ich liebte diese Schatzkisten voll Wrigley's-Kaugummis und Life-Saver-Bonbons in überdimensionalen Vorratspackungen und dem weißesten Toast der Welt. Ich formte ihn ungetoastet zu einer Kugel und aß ihn wie Kuchen, er schmeckte süßer als Brot. Als Kind war ich stolz darauf, dass mein Opa Indianer war, und auch heute macht es mich irgendwie besonders.

Es roch nach Teppichboden und alten Menschen. Und es roch nach Amerika, wie früher. Ich glaube, der Geruch von Amerika war das giftgrüne Mundwasser in den Ein-Liter-Plastikflaschen. Ohi sprach kein Wort, er starrte auf die tonlosen Fernsehbilder und trank warmes Bier. Plötzlich spürte ich den Impuls, diesen seltsamen, unfreundlichen Mann trösten zu müssen, wo ich es doch schon bei meiner Großmutter nicht getan hatte. Ich ging zu ihm, beugte mich hinunter und legte meine Arme um seinen großen Oberkörper. Meine Hände reichten nicht weiter als bis zu seinen mit weichem Fleisch gepolsterten Schulterblättern. Gebückt stand ich vor ihm und hielt ihn einfach fest, aber ich drückte gegen eine unbewegliche Masse. Ich spürte nicht den leisesten Gegendruck, bis mich das Gefühl befiel, ich sei wahnsinnig. Warum auch sollte er es schön finden, von einer fremden Frau umarmt zu werden. Und dennoch hielt ich ihn viel zu lange fest. In diesem Moment erst verstand mein Vater, dass seine Mutter gestorben war.

Meine Eltern hatten sich oft darüber gestritten, wer von ihnen die schlechtere Kindheit gehabt hatte. Die Mutter meiner Mutter war eine böse Furie gewesen, die in ihrer Schlechtigkeit auch in einem Nazifilm hätte auftauchen können, eine überzeugte BDM-Maid war sie ohnehin. Diese Frau war so schlecht, dass ihre Kinder glücklich waren, als sie starb. Mein Vater wiederum machte geltend, dass er als Kind immer allein gelassen wurde. Die

Mutter meiner Mutter sei zwar ein Monster gewesen, aber wenigstens da. Er hingegen musste bei Tanten, fremden Leuten und Nonnen leben und somit ständig umziehen. Aus diesem Grund hätte er als Kind nie Freunde gehabt und darum diese Abneigung anderer Menschen gegenüber entwickelt, die in das Leben unserer Familie traten. Überhaupt Menschen gegenüber. Seine Mutter war schuld, dass er Misanthrop war. Und auch daran, dass er so sehr an seiner Familie hing, dass er meiner Mutter manchmal die Luft zum Atmen nahm.

Ohi machte sich ein weiteres warmes Bier auf. Ich fragte ihn, wie Sofie gestorben sei. »I don't want to talk about it«, antwortete er mit unglücklichen Augen und Wut in der Stimme, doch ich misstraute seinen Gefühlsregungen und meinte, Schuld in seinem Blick zu lesen. Ich hatte zunächst angenommen, meine Mutter hätte in ihrer Schilderung des letzten Telefonats mit meiner Oma übertrieben. Meine Großmutter hatte wirr geflüstert und dabei geweint. Meine Mutter hatte sie gefragt, ob Ohi sie schlage, und sie hatte Ja gesagt. Als meine Mutter ihr anbot, sie abzuholen, schien sie froh. Aber mein Vater wollte das nicht, sie sei selbst schuld, dass sie diesen Mann geheiratet habe. Ich traute Ohi nicht zu, dass er seine Frau absichtlich umgebracht hatte, aber vielleicht war ihm im Affekt ein Fehler unterlaufen. Vielleicht hatte er sie aus Ungeduld umgeworfen oder keinen Arzt gerufen, als sie einen Schlaganfall erlitten hatte. Ich wollte diese Gedanken nicht denken, aber sie kamen immer wieder, wenn ich den grimmigen Mann in seiner zornigen Trauer anblickte. Noch viel quälender war allerdings der Gedanke, dass *ich* sie im Stich gelassen hatte. Ich hatte sie in den letzten Jahren nicht *ein Mal* angerufen.

Dann tauchte Ohis bester Freund, der wohl gerade mal so alt war wie ich, in der Wohnung auf. Jörg war dünn und unscheinbar, trug eine randlose Brille und stone-washed Jeans. Er hatte diesen melodiösen Dialekt, auch wenn er Englisch sprach und benahm sich, als wäre er Ohis Manager. Er vermittelte uns den Eindruck, ein verstecktes Interesse am Erbe zu haben, immerhin erzählte er etwas über den Tod meiner Großmutter. Ohi hatte ihn angerufen und gesagt: »Sofie is dead«, also war er zu ihm gefahren. Als er sie sah, war sie bereits seit zwei Tagen tot. Dennoch verbrachten sie einen weiteren Tag trinkend neben meiner toten Oma, bis sie die Feuerwehr riefen. Ich konnte noch irgendwie nachvollziehen, dass Ohi sich Zeit nahm, sich von seiner Frau zu verabschieden, aber dass dieser Typ sich mal eben neben meiner toten Oma besoffen hatte, empfand ich als unangemessen, und obwohl ich meine Großmutter kaum kannte, war ich mir sicher, sie hätte das nicht gewollt.

»Und war das nett?«, fragte ich Jörg.

»Ähm, ja.«

»Haben Sie sich amüsiert mit meiner toten Oma, ja? Haben Sie ihr auch ein bisschen Bier angeboten, oder waren Sie so geizig und haben alles allein getrunken?«

»Nein, aber, also, sie konnte doch gar nichts trinken.«

»Ja, das ist mir klar.«

Es herrschte Schweigen, bis er das Thema Beerdigung anschnitt. Meine Großmutter hatte über Jahrzehnte das Familiengrab in München bezahlt, um dort beerdigt zu werden, doch Jörg schlug kurzerhand eine Alternative vor: »Mir könne die Sofie doch auch verbrenne«, sagte er, als wäre es eine außergewöhnlich gute Idee. Mein Vater sagte: »Naa, ich verbrenn doch meine Mutter net.« Das ging ihm nun wirklich zu weit. In diesem Moment sprach er zum ersten Mal von »seiner Mutter«, er hatte dieses Wort immer vermieden, sie war »Die Oma« oder sie war »Du«.

Jetzt war es jedenfalls klar, Jörg spekulierte auf den baldigen Tod Ohis, der sich nun aller Wahrscheinlichkeit nach zügig totsaufen würde, und wollte vermeiden, dass Tausende für die Beerdigung meiner Oma ausgegeben würden. Eine Urne musste man schließlich nicht überführen. Kleinlaut verabschiedete er sich und gab Ohi High Five – eine Geste, die ich nicht verstand.

Während mein Vater bereits im Gästezimmer von der Größe einer Speisekammer kauerte, schleppte sich Ohi wankend ins Bett. Ich lag mit ein paar seiner Budweisers auf der Couch, auf der meine tote Oma ihrem Mann Gesellschaft geleistet hatte, und fixierte die Bilder meiner Jugend auf der Furnierschrankwand. Mein Körper begann zu vibrieren. Ich glaubte, er reagierte auf die Spuren des Todes, die sich noch im Lederbezug fanden. Ich legte mich auf den Boden, aber da begann mein Schuldgefühl so sehr auf meine Brust zu drücken, dass ich kaum noch atmen konnte. Wir hatten sie einfach allein gelassen, ich hatte sie allein gelassen. Ich atmete ein und aus und zählte, wie lange ich ohne zu atmen zurechtkommen konnte, um ruhiger zu werden. Für einen Moment verlor ich die Gedanken an sie, dann schreckte ich mit dem Gefühl auf, ich läge auf ihr. Ich konnte hier auf keinen Fall schlafen und beschloss, die Nacht dazu zu nutzen, alles für das Bestattungsunternehmen herauszusuchen.

Das Kleid, das meine Großmutter im Sarg tragen sollte, wollte ich als Erstes finden, denn es schien mir die schwierigste Aufgabe. Ich hatte vorher nie darüber nachgedacht, dass man angezogen beerdigt wird. Ich musste, wenn ich zurück war, unbedingt ein Outfit für mich aussuchen, mein Mann würde bestimmt nicht das Richtige finden. Vielleicht die kurze, blaue Hose mit der gepunkteten Bluse, schwarzen Strumpfhosen und der gelben Strickjacke. Das wäre schick und gemütlich. Der schwarze Blazer würde gut dazu passen, aber ich fand ihn zu steif, um darin zu liegen. Oder ich würde mein rotes Seidenkleid nehmen, in dem ich aussehen würde wie Schneewittchen, wenn ich erst einmal ganz weiß war. Ich quälte mich mit der Entscheidung für die Schuhe. Eigentlich müssten sie gemütlich sein, doch das würde das Outfit zerstören. Außerdem hatte ich momentan keine schönen Stiefel zu der kurzen Hose, und zu dem roten Kleid passte das Grau meiner Pumps nicht so gut. Ich musste wohl schwarze Schuhe finden, grau und rot war nicht zeitlos. In spätestens zwei Jahren würde das vorüber sein. Vielleicht sollte ich mir einfach ein schönes Nachthemd kaufen und meine Haare wachsen lassen.

Als ich den Schrank öffnete, strömte mir ein puderiger Geruch entgegen. Ich erblickte eine Reihe identisch geschnittener Kittelkleider aus Polyester. Ich nahm ein fröhliches, türkises Kleid mit leuchtenden großen Blumen heraus. Es entlud sich elektrisch und schmerzhaft auf meinen Händen, als wollte es mir sagen, dass ich nichts mit ihm und den anderen zu tun hatte. Dennoch schlich ich leise, Ohis brachiales Schnarchen im Ohr, zu dem Hochzeitsbild im Wohnzimmer und hielt das Kleid darunter. Es passte zu Sofie, auch wenn es nicht schön war. Ich erinnerte mich, dass sie schon sehr früh, vielleicht mit Ende fünfzig, angefangen hatte, diese Kleider zu tragen. Sie wirkte in ihnen noch kleiner und kompakter, als sie ohnehin war.

Im nächsten Moment fragte ich mich, was von meiner Erinnerung wirklich Erinnerung war und was davon nur Bilder aus Fotoalben. Die wenigsten Erinnerungen an meine Kindheit kann ich sicher dem einen oder anderen zuordnen. Ich frage mich oft, ob ich mich wirklich daran erinnern kann, mit vier Jahren im Freizeitpark Geiselwind eine kleine Ziege gestreichelt zu haben, oder ob ich es einfach nur unzählige Male in meinem stoffbezogenen Kinderalbum gesehen habe.

Ich roch an dem Kleid. Es roch eigenartig süß und seifig. Ich saugte den Geruch in tiefen Atemzügen ein. Ich schien ihn gut zu kennen. Vor meinen geschlossenen Augen tauchte plötzlich eine Flasche Oil of Olaz auf und die Erinnerung, dass meine Großmutter diese parfümierte rosa Lotion in riesigen Mengen verbrauchte. Meine Mutter hatte den Geruch nie ertragen. Immer, wenn wir Oma sahen, wurde ihr übel.

Ich hängte das Kleid in den Korridor, ich hatte mich dafür entschieden, denn es hatte zu mir gesprochen und zu Sofie gehalten, indem es mir einen Schlag gegeben hatte. Ich überlegte, ob der Mann am Telefon etwas von Unterwäsche gesagt hatte, konnte mich aber nicht erinnern. Ich würde sicherheitshalber welche heraussuchen. Ich arbeitete mich durch die Schubladen, fand

Strumpfhosen in unechten Hauttönen und klitzekleine Socken, Polyesterhalstücher und verstecktes Geld und stieß schließlich auf Unterwäsche, die wesentlich sexier war, als ich es vermutet hätte. Die Höschen waren transparent, und die Büstenhalter aus Spitze und konisch geformt. Ich sah meine Großmutter plötzlich ganz anders vor mir: Ihre großlockige Dauerwelle wurde zu einer schicken Dreißigerjahre-Frisur, ihre schmalen Lippen waren dunkel geschminkt und der große Po, den sie auf weitere Generationen weiblicher Nachkommen vererben sollte, hatte diese betörende Ausstrahlung eines weichen Burlesque-Hinterns unter Strapsen. Vielleicht war sie ja irgendwann einmal hinreißend gewesen, wer wusste das schon. Ich stellte mir vor, wie meine Großmutter mit den anmutigen Locken und Miedern unter strengen Kleidern ein ausschweifendes Leben geführt hatte, während sie meinen Vater allein zu Hause gelassen hatte. Er hatte mir auf der Autofahrt erzählt, dass sie ihm manchmal, wenn er denn einmal bei ihr lebte, einen großen Topf Suppe gekocht hatte, gegangen und erst eine Woche später zurückgekehrt war. Mein Vater war sein Leben lang von Verlustangst getrieben. So sehr, dass mein Bruder und ich als Kinder SOS-Ketten um den Hals tragen mussten, in denen ein kleiner Zettel steckte, der über unsere Blutgruppe informierte. Oft stand er vor den Türen unserer Freunde, um zu sehen, ob wir wirklich dort waren. Er tat dies nicht aus Eifersucht, er hatte Angst, wir könnten einfach nicht mehr wiederkommen.

Ich hörte, wie Ohi aus dem Bett stieg. Schnell schloss ich die Schublade und versteckte mich. Er sollte mich

nicht mit Unterwäsche seiner Frau in der Hand an-
treffen, außerdem hatte ich Angst davor, ihm allein zu
begegnen. Vielleicht würde er mich betrunken umwer-
fen und ich würde aus Versehen sterben. Er walzte auf
die Toilette, ließ die Tür offen stehen, zog ein bisschen
Schleim die Nase hoch, pinkelte ein wenig daneben,
warf besoffen die Tür hinter sich zu und stieg fluchend
zurück ins Bett.

Ich suchte angestrengt weiter. Vor dem Öffnen jeder
Schublade befiel mich die Hoffnung, noch etwas ähnlich Sprechendes wie die Kleider und Mieder meiner
Großmutter zu finden. Ich stieß auf Zeitungsausschnit-
te über Krankheiten, Hunderte von Medikamenten in
leuchtenden Farben und ihr kleines, braunes Kunst-
leder-Telefonbüchlein mit den Telefonnummern von
ein paar Ärzten und Tanten, Essen auf Rädern und unseren. Nicht mehr. Daneben fand ich einen großen Stapel
alter Apothekenkalender. Ich blätterte einen nach dem
anderen durch, doch es gab keinen einzigen Eintrag, sie
waren leer. Das weiße linierte Papier mit den Daten von
1989 lag nackt vor mir, als ich das Leben meiner Großmutter begriff: Sie war immer nur in dieser Wohnung
gesessen und hatte auf ihren Mann gewartet. Sie hatte
keine Freunde, genauso wie mein Vater, sie hatte keinen
Job und keine Termine. So hatte sie nichts, was sie in
die Kalender hätte eintragen können, sie hatte sie wohl
nur benutzt, um zu wissen, welcher Tag gerade war. Ich
kannte das. Wenn ich nichts zu tun hatte, verwechselte
ich auch die Wochentage. Wenn es so weit kam, dass ich
Mittwoch und Sonntag nicht mehr unterscheiden konnte, ging es mir nicht gut. Ich verstand meine Oma, die
wohl durch die leeren Tage in dieser Wohnung geglit-

ten war, als wäre sie bereits mit vierzig in ein Altersheim eingeliefert worden.

Ich hielt mich jetzt an allem fest, was ich von ihr fand, versuchte, jedes Detail zu lesen. Ich konnte nicht mehr aufhören zu suchen. Es war wie ein Zwang, ich musste in der Nacht die ganze Wohnung schaffen. Ich stieß auf mehrere große Packen Grußkarten, die nach Anlässen sortiert waren. Ich streifte die Haushaltsgummis ab und sah sie durch. Es schienen alle Karten zu sein, die wir ihr im Laufe der Jahrzehnte zu Weihnachten, Ostern und ihrem Geburtstag geschickt hatten. Ich las die lieblos-monoton verfassten Texte: »Liebe Oma, wir wünschen Dir ein frohes Osterfest. Deine Gerdi, Max, Rebecca und Christoph.« »Liebe Oma, wir wünschen Dir alles Gute zum Geburtstag, Glück und vor allem Gesundheit. Deine Gerdi, Max, Rebecca …«

Tränen liefen mir aus den Augen, als wäre es einfach nur Wasser, das floss, weil es fließen musste. Sie tropften auf die alten Karten, die bald nicht mehr existieren würden. Manche hatten die simple Botschaft einfach auf der Vorderseite, innen standen schlicht unsere Unterschriften, häufig war meine gefälscht worden. Und doch hatte meine Großmutter sie aufbewahrt wie Liebesbriefe, denn solche hatte sie wohl nie bekommen. Zumindest waren keine zu finden, und was hätte Ohi ihr schon schreiben sollen, das sie verstanden hätte. Aber wenigstens eine Karte mit einem I LOVE YOU hätte er ihr irgendwann einmal schenken können. Das wäre ja nicht zu viel verlangt gewesen und sie hätte es bestimmt verstanden. Ich wurde wütend auf diesen gleichgültigen Mann, der nicht sprach, sondern trank. Zorn legte sich über meine Tränen. Ich suchte weiter, irgendwo musste ich noch etwas Schönes aus dem Leben meiner Großmutter finden, doch ihr Leben war leer bis auf den seltsamen Mann, den sie geliebt haben musste. Ich hätte so gerne gewusst, warum.

Dann fand ich die Urkunden, die ich für das Bestattungsunternehmen brauchte. Ich warf einen Blick darauf und war verwundert, hatte Ohi doch unterschiedliche Geburtsorte in den verschiedenen Schriftstücken angegeben. Vielleicht war er ja doch noch unheimlicher, als ich ihn sowieso schon fand, warum sollte er sonst einmal in Greenbay, Wisconsin, und einmal in North Dakota geboren worden sein. Vielleicht mussten wir meine Großmutter doch obduzieren lassen, aber dagegen wehrte sich zu viel in mir. Was, wenn das alles nur eine Kette von Missverständnissen war und ich am Ende mit meinen Vermutungen einen unschuldigen trauernden Witwer in den Wahnsinn trieb. Wahrscheinlich würde er auch noch sterben, und dann wäre ich schon wieder schuld. Ich konnte Oma nun so oder so nicht noch einmal anrufen und sie fragen, wie es ihr ging. Der Tod ist einfach unumkehrbar, und man sollte sich gut überlegen, was man vorher nicht tut. Auch deshalb jagt er mir solche Angst ein, dass ich die Berührung damit immer vermieden habe. Als Kind hatte ich einmal einen alten Mann mit einer Kartoffelnase auf der Straße einen Herzinfarkt erleiden sehen, und von da an verdrängte ich so gut es ging, dass auch ich irgendwann einmal dran sein würde. Leider glaube ich an nichts, denn ich würde die Aussicht auf einen Himmel schön finden. Ich stelle mir vor, dass Sterben dann wäre wie in den Urlaub fahren, in einen Urlaub, der nicht nach ein paar Wochen vorbei ist. Vielleicht war meine Großmutter ja jetzt im

Urlaub. Und egal wo, selbst in Rimini musste sie es schöner haben als in ihrer Wohnung. Wahrscheinlicher aber war, dass sie jetzt im Nichts schwebte. Ich stelle mir den Tod eigentlich immer nur schwarz vor, manchmal mit leuchtenden Punkten. Im Prinzip sieht es dort, wo wir dann sein werden, aus wie in der Galaxie. Man schwebt einsam herum, hat nichts zu tun, und es ist kalt. Ich mag das Weltall nicht, ich finde es deprimierend.

Ich ging ins Badezimmer und cremte mich mit Oil of Olaz ein, so würde ich meine Großmutter wenigstens riechen. Ich legte das Kleid mit den bunten Blumen auf die Couch und steckte den spitzen BH darunter. Ich legte mich auf den Teppichboden und hatte das Gefühl, sie wäre jetzt bei mir und würde nicht mit ihrem Blumenkleid im Weltraum schweben.

Als wir am nächsten Tag im Beerdigungsinstitut standen, trug Ohi wieder sein Penner-Outfit und war äußerst wortkarg und unfreundlich. Er sagte, ich solle alles entscheiden und gab sich keine Mühe, seinen Befehlston zu überspielen. Als der Bestatter mir sein aufrichtiges Beileid aussprach, hätte ich beinahe geantwortet: »Ich habe meine Oma ja quasi umgebracht, wissen Sie. Ich habe mich nie um sie gekümmert und sie allein gelassen und deshalb musste sie jetzt sterben. Ich bin ein schlechter Mensch, also lassen Sie uns die Nummer bitte zügig durchziehen, ich will nämlich nach Hause und nicht noch eine Nacht bei diesem durchgeknallten Indianer verbringen«, doch ich tat so, als wäre ich gefasst in meiner Enkelinnen-Trauer.

Ich versuchte, etwas wiedergutzumachen, indem ich

mich liebevoll um jedes Detail der Beerdigung kümmerte. Ich fand einen helltürkisen Satin-Stoff für die Sarg-Innenverkleidung, der perfekt zu ihrem Kleid passte, ich nahm einen Eichenholzsarg aus der teuren Hope-Linie, neuestes Modell, der an klassisches, dänisches Design erinnerte und überlegte mir einen guten Text für die Todesanzeige, einen, der nicht an unsere Osterkarten anschloss: *Unsere Ehefrau, Mutter und Großmutter Sofie Roberts ist von uns gegangen. Wir werden sie vermissen und bereuen jede Minute, die wir nicht mit ihr verbracht haben. Sie war mehr, als man vermutet hätte! In Liebe, Ohiyesa Lawrence Roberts, Max, Gerdi, Rebecca und Christoph Huber.*

Meinem Vater behagte der Text nicht, aber er hatte keinen Gegenvorschlag parat. Er schlug vor, ihn ein wenig zu überarbeiten, doch das ließ ich nicht zu: »Dann musst du auch selber den Sarg aussuchen und ihr Kleid.«

»Ja, ist ja gut. Dann lassen wir das so.«

Ohi war die ganze Zeit über kaum ansprechbar und sagte zu allem Ja. Er war am Boden zerstört, was ich als auffällig registrierte. Wahrscheinlich ging es ihm so schlecht, weil er schuldig war. Er war froh, als er den Bestattungsunternehmervertrag über 12 000 Euro unterschrieben hatte und froh, als wir abfuhren. Er bedankte sich nicht bei mir. Mein Vater hielt es nun für mehr als möglich, dass Ohi Oma auf dem Gewissen hatte, doch stoisch, wie er war, blieb er dabei, dass es sowieso nichts ändern würde, etwas darüber herauszufinden: »Und irgendwann wäre sie ja eh gestorben«, sagte er.

»Ja, Papa, jeder Mensch stirbt irgendwann. Es fragt sich nur, *wann*, und ob Oma vielleicht Lust gehabt hätte, noch ein bisschen weiterzumachen.«

Er blickte mich nachdenklich an. Tod war Verlust, und die Angst davor hatte sein Leben bestimmt. Meine Oma hatte ihn jetzt daran erinnert, das war alles. Sein Blick auf sie hatte sich nicht geändert, und ich hätte ihm auch nichts von den leeren Apothekenkalendern erzählen können, er hätte es nicht verstanden, denn seine waren ebenfalls leer.

Es war eine hübsche Kapelle auf dem Münchner Ostfriedhof. Es lief ein klassisches Stück auf dem Ghettoblaster. Wir waren zu zehnt, immerhin. Ich weinte darüber, dass die Musik so melancholisch war, darüber, dass man sterben musste, und dass Oma gestorben war, ohne dass ich vorher angerufen hatte. Anfangs rang ich mir die Tränen beinahe mit Gewalt ab, bis ich hemmungslos heulte, es beinahe genoss. Feierlich schritt ein Pfarrer mit zwei Messdienern ein. Sein Talar steckte hinten im Kragen seines Pullovers. Seine komplette Rückansicht war zivil, und man sah seine braune Gabardinehose, die nicht gut saß. Nie werde ich diesen Anblick vergessen, der mich trotzdem nicht davon abhielt, weiterzuweinen. Der Pfarrer begann mit seiner Ansprache: »Wir sind hier zusammengekommen, um von Sofie Roberts Abschied zu nehmen. Gott hat sie zu sich geholt. Jesus Christus, unser …« In diesem Moment stand meine Großtante Elfi, Sofies Schwester auf, griff in seinen Nacken und zog ihm den Talar aus dem Pullover bis zu den Beinen hinunter. Sie tat dies so schnell und präzise, dass er nicht einmal eine Chance hatte, zu reagieren. Er sprach einfach weiter. Meine Großtante Elfi war lange Zeit Nonne gewesen, hatte sich aber in einen Priester verliebt und lebte nun mit ihm am Bodensee.

Wenige Minuten zuvor hatte Elfi noch mit uns vor dem Glaskasten gestanden, hinter dem der Sarg meiner Großmutter präsentiert wurde, und sagte: »Na, für den Ohi is des jetzt auch nicht einfach, ganz allein hier in Deutschland.«

»Aber Elfi, der ist doch jetzt auch schon fünfzig Jahre hier.«

»Ja, aber allein als Indianer?«, antwortete sie.

Erst in diesem Moment verstand ich, warum sich meine Großeltern immer so abgeschottet hatten. Erst jetzt wurde mir klar, dass Sofie in den Fünfzigerjahren einen Indianer geheiratet und einen Sohn hatte, der ihn von Anfang an nicht mochte.

Ich schob Ohi in einem Rollstuhl zum Grab, man hatte dies vorher so besprochen, sonst hätte das alles zu lange gedauert, der Ostfriedhof ist groß. Als wir ankamen, war kein Sarg zu sehen. Man hatte ihn schon runtergelassen und der Pfarrer hatte seine Rede bereits beendet. Konsterniert blickten wir in das Erdloch. Als ich die Schaufel mit Erde nahm und mehrere Häufchen auf den Sarg schüttete, war ich froh, dass es vorbei war. Ich schütte alles zu, dachte ich. Meine Oma lag nun dort unten und vielleicht war ihr Leben ja jetzt viel spannender und sie konnte endlich mal was in einen Kalender eintragen. Und selbst wenn sie in der kalten Galaxie schwebte, war es dort nicht langweiliger als in ihrem Leben davor.

Mich quälte allerdings die Tatsache, dass ich immer noch nicht wusste, wie sie gestorben war, auch wenn sich dadurch nichts an ihrem Zustand geändert hätte. Für mich hätte sich etwas geändert, ich wäre nicht mehr ganz so mitschuldig an ihrem Tod gewesen. Immerhin schaffte ich es, Ohi nach den verschiedenen Geburtsorten zu fragen, als ich ihm aus dem Rollstuhl half. Die Antwort war so einfach: Er hatte als Teenager schwarz Schnaps in seinem Reservat gebrannt und war erwischt worden. Also hatte er für das Militär seinen Lebenslauf frisiert. Er wirkte unschuldig und müde, als er mir diese kurze Erklärung gab. Er sagte: »I had problems with moonshine when I was fifteen.« Ich stellte ihm keine weiteren Fragen. Er war jetzt wirklich allein als Indianer in Deutschland und soff sich, wie sich herausstellen sollte, zügig tot.

Mein Vater nannte seine Mutter fortan »Meine Mutter« und nicht mehr »Die Oma«, wenn er von ihr sprach. Und ich beschloss, dass ich mich von nun an liebevoll um alle Verwandten über sechzig kümmern würde, sie regelmäßig anrufen, sie besuchen und ihnen Pralinen und Blumensträuße kaufen würde. Als Lore, die Großtante meines Mannes, ins Altenheim kam, besuchten wir sie ab und zu. Wir bekamen eine Tochter, von der ich Tausende lachende Bilder aufnahm und Tante Lore versprach uns, ihr eine kleine Mütze und Schühchen zu häkeln, bis wir das nächste Mal zu Besuch kämen. Ich dachte oft an Lore, doch das Altersheim war eine halbe Stunde entfernt.

Meine Schwägerin war die Letzte, die Tante Lore sah. Bei ihrem Besuch entdeckte sie die Mütze, die Tante Lore für unsere Tochter gehäkelt und auf einen Luftballon gespannt hatte. Wir waren so lange nicht gekommen, dass aus dem Ballon fast alle Luft gewichen war. Er sah klein und schrumpelig aus unter der lustigen Mütze, für die unsere Tochter schon viel zu groß war.

DANKSAGUNG

Ich danke meiner wundervollen Freundin Sabine Berens, deren Kritik und geistreiche Anmerkungen zu meinen Geschichten mir sehr geholfen haben, dieses Buch zu schreiben.

Ich danke Nikolai von Graevenitz für seine Unterstützung, seinen kreativen Blick, seinen Humor, seine Zeit und noch viel, viel mehr.

Ich danke meinen Eltern Heidi und Walter Heiß – für alles.

Ich danke meiner Lektorin Friederike Schilbach für ihren Mut, ihr Vertrauen und die großartige Zusammenarbeit an diesem Buch.

Ich danke meiner fabelhaften Agentin Petra Eggers.

Ich danke Anke Petersen, Christa von Graevenitz, Maren Ade, Sarah Pagel, Ilse Arndt, Svenja Steinfelder, Helene Hegemann, Dr. Marion Nowak und allen meinen Freunden, denen ich schon längst mal Danke sagen wollte.

Leif Randt

»Ein fast epochaler Generationenroman.« FAZ

Leif Randt
*Schimmernder Dunst
über CobyCounty*

CobyCounty ist eine Utopie aus Kunststoff, eine brillant irreale und doch greifbar nahe Welt, in der Kulturschaffende viel Geld verdienen, das Meer von überall zu sehen ist und Lebensglück scheinbar zur Grundausstattung gehört. Leif Randts zweiter Roman erzählt radikal, humorvoll und mit sanfter Bosheit davon, dass die Bedrohung dieser heilen Welt in ihr selbst liegt.

*»Subtil, klug und cool, so cool, dass es beunruhigend ist.«
KulturSPIEGEL*

BERLIN VERLAG
Weitere Informationen: www.bloomsbury-verlag.de

Ljudmila Petruschewskaja

Für alle, die genug von Vampiren und Werwölfen haben!

Ljudmila Petruschewskaja
*Es war einmal eine Frau, die ihren
Mann nicht sonderlich liebte*

Die russischen Schauergeschichten von Ljudmila Petruschewskaja führen mitten hinein in die Welt des Unheimli-
chen, Schaurigen, Monströsen. Sie verbinden Alltägliches mit
Absurdem und sind dabei vor allem eines: unendlich komisch. Neunzehn eigens für diesen Band zusammengestellte
Geschichten zum Entdecken und Wiederentdecken
der großen Autorin!

»Wenn es auch nur einen Funken Gerechtigkeit auf dieser
Welt gibt, wird dieses Büchlein als das gewürdigt, was es
tatsächlich ist: ein Glanzpunkt moderner Literatur.« *Elle*

Weitere Informationen: www.bloomsbury-verlag.de

Willy Vlautin

»So etwas zu schreiben hat sich in letzter Zeit in Deutschland keiner getraut.« Die Welt

Willy Vlautin
Motel Life

An jenem Morgen, als ich die steifgefrorenen Arme des Jungen hinten im Wagen sah, da wusste ich, das Unglück hatte meinen Bruder und mich gefunden. Und wir, wir nahmen das Unglück und banden es uns wie einen Klotz ans Bein. Wir taten das Schlimmste, was man machen kann. Wir liefen weg. Wir stiegen einfach in seinen abgewrackten 1974er Dodge Fury und hauten ab.

»Hoffen und Wollen und Streben in Willy Vlautins grandiosem, kraftvollem und herzzerreißendem Roman, den winzige Hoffnungsschimmer immer wieder durchzucken. Die so schön funkeln, gerade weil der Hintergrund von solcher Dunkelheit ist.« *Neon*

Weitere Informationen: www.bloomsbury-verlag.de